小学館文庫

蟲愛づる姫君の永遠

宮野美嘉

小学館

目次

蟲愛づる姫君の永遠

蠱毒(こどく)というものがある。
壺(つぼ)に百の毒蟲(どくむし)を入れ、喰(く)らい合わせ、殺し合わせる。
そうして残った最後の一匹は、猛毒を持つ蠱(こ)となる。
それを古(いにしえ)より蠱術(こじゅつ)といい、その術者を蠱師(こし)と呼ぶ。

序章

短い夏が瞬く間に過ぎ去り、魁国の王都には秋風が吹いていた。

その夜、王宮の奥深くで魁国の王と王妃が婚儀からおよそ一年ぶりに初夜を迎えようとしていた。

王が異国から嫁いできた可憐な妃をこよなく愛し、何よりも大切にしているという話は、今や王宮だけでなく下々の者にまで知れ渡っている。

様々な障害により初夜が流れ続けてきた二人だったが、紆余曲折を経て今宵ようやく結ばれようとしていた。

この上なく高貴な血筋に美しい容姿を有する妃と、逞しく精悍で勇猛果敢な王。彼らが愛し合うことを止める者はもうどこにもいない。

王の逞しいその手が肌に触れ、妃の華奢な肢体が寝台に押し倒される。初めてただお互いを求めるためだけに唇を重ねる。

妃の体を甘い痺れが包み、生まれて初めての感覚に目の前の全てが消えた。いつしか心は深い海へと飲み込まれ、深く深く沈んでゆく。

この先にあるものに……もっと触れたい……

欲望のままに手を伸ばした次の瞬間、薄暗い寝台の上に鈍い衝突音が響いた。

「いっ……！」

声を上げて寝台に突っ伏したのは魁国王楊鍠牙(ようこうが)である。

そしてそんな彼に頭突きを喰らわせ、寝台から飛び降りたのは王妃李玲琳(りれいりん)だった。

両者の名誉のため説明するなら、玲琳が嫌がって逃げ出そうとして――というわけではない。事態はそれよりもう少し悪く、玲琳は自分が彼に頭突きを喰らわせてしまったと気づいてすらいなかった。

玲琳は鍠牙に目もくれず、はだけた寝間着で床に座り込み、手のひらに巨大な青虫を乗せていたのである。

青虫……青虫？　否、それは青虫の形をした、青紫の斑(まだら)模様の異形だった。

蠱師という者がいる。百蠱を喰らい合わせて残った一匹を蠱とし、人を呪い殺す術者のことだ。魁国の王妃であり斎(さい)帝国の皇女でもある李玲琳は、蠱毒の里の蠱師を母に持つ、正真正銘の蠱師であった。

手のひらには生まれて半月ほど経(た)つ異形の蠱が一匹。玲琳は床に座り込んだまま蠱の背を撫(な)でた。

「私の可愛い蟲。あなたがどうしたら蛹になってくれるのか、ようやく閃いたわ。どうして今まで気づかなかったのかしら……これで成長させてあげられるはず」

ずば抜けた美貌の王妃は妖しく笑いながら己の指先を噛んで、浮き上がってきた血の玉を蟲の背に塗ろうとし——そこで後ろからぐいと髪を引っ張られた。

「姫……あなたが酷い女だということは知っているがな、これはあまりに酷すぎるだろうよ。俺が可哀想だと思わんのか！」

怒り——というよりは呆れに近い声で言われ、玲琳は振り返る。

寝台の上には、胡坐に頬杖をついてげんなりした顔の鍠牙がいた。

玲琳は夢の世界から一瞬で引きずり出されたような虚無感で、一時ぼんやりする。

そんな妻を見下ろし、鍠牙はため息をついた。

「傍目に異常が過ぎるぞ」

蟲と戯れる妻を斬り捨てるかの如く彼は言う。しかしながら、彼が蠱師の妃に対していかに寛容であるかを知らぬ者はこの王宮にいまい。この男は妻が百万の蟲と戯れていようが、もはやわずかに頬を引きつらせることすらせず、にこやかに笑ってみせるような度量の持ち主であった。

そんな彼が今、玲琳に対して明確な不快を示している。

「何を怒っているの？」

玲琳の不可解そうな問いに、鍠牙はたちまち目をつり上げた。

「あのな、愛しい姫よ……俺が何をしたというんだ？　ただ唇を重ねただけだろうが。それだけでいきなり舌を嚙まれて頭突きを喰らって放り出されて、怒らない男がいるなら俺はそいつの弟子になるぞ」

鍠牙はべえっと舌を出した。たった今嚙まれたばかりの傷から血が滴っている。

「言い訳があるなら聞こうか」

彼はにこりと笑った。無論喜び故ではない。玲琳は一考し、

「お前の舌が気持ちよかったからよ」

真顔で断言した。途端、鍠牙は固まった。

玲琳は真面目な顔で鍠牙を見上げつつ、ここに至った経緯に思いを巡らせた。

そもそもの始まりは、玲琳が彼の子を産みたいと言ったことである。

そうしてこの夜を迎えたわけだが、玲琳は今まで性的な意図をもって男性に触れたことがなかった。また、触れられたこともなかった。

口移しで毒や薬を飲ませたことはあったが、それ以外の目的で唇を重ね合わせたことがなかったのである。

玲琳はその時の感触を思い出してううんと唸った。

「お前の舌は気持ちいいのだなと……その時思ったの。そう思ったら、変なことが起

きたわ」

「……何が起きた？　と、あまり積極的に聞きたい気持ちがしないんだが」

鍠牙は疑(うたぐ)るような警戒するような口調で言う。

「海に沈んだのよ」

「…………意味が分からないのは俺の感性が貧困だからか？」

「もちろんそうよ」

「だいたい何だ？　海？」

「毒の海」

玲琳は手のひらの蟲をまた撫でた。

幼かったころ、一度だけ母と本物の海を見たことを思い出す。鈍色(にびいろ)に荒れた冬の海は、人を寄せ付けぬ恐ろしいもののように見えた。

「この子は少し複雑な育て方をしていて、なかなか成長してくれなかったの。私の未熟ゆえだわ。ここしばらくそのことばかり悩んでいたのよ。それがさっき、気持ちがいいなと思ったら、突然海に落ちて、新しい造蠱法(ぞうこほう)を思いついてしまったのよ！」

玲琳は目をきらきらと輝かせた。

鍠牙の目はどんよりと濁った。

「もっと欲しいと思って、思わずお前の舌を噛んでしまったわ。そうしたらもう……

想像力が溢(あふ)れて止まらなくなって……」

　玲琳はうっとりと頰を染める。誰の目にも愛らしい妃に見えたことだろう。その手に蠢(うごめ)く蟲さえ見なければ。

　玲琳は蟲の背に血を塗り付けて懐にしまい、さてと立ち上がった。いそいそと寝台に戻り、鍠牙の寝間着を脱がせようと手をかける。

「おい、何だ急に。俺の理解を置き去りにするな」

　鍠牙は渋い顔で玲琳の腕を摑(つか)んだ。

「続きをしましょう。もっと強力な毒を与えたい蟲がいるのよ。もう一度あの海に溺れさせてちょうだい？」

　蟲術を紡ぐのにこんな素晴らしい方法があるなんて今まで知らなかった。一体全体どういう理屈でそうなるのか知らないが、彼に触れたことは紛(まぎ)れもなく蟲師としての玲琳を変化させたのだ。

　玲琳はさっきの甘美な瞬間を思い出し、とくんとくんと胸を高鳴らせて夫を押し倒そうとする。しかし鍠牙は酷い渋面で玲琳の腕を押し返す。

「あなたは鬼の化生か！　男を何だと思ってる！」

「ケチなことを言うのはやめなさいよ。減るわけではないのだし」

「俺の心はすり減ったがな！」

しょうもないやり取りをしながら押し合う。もっとも、玲琳の力で鍠牙を組み伏せられるはずはなく、玲琳はあっさり遠ざけられてしまう。それでも必死に押し返そうとしていると、急に鍠牙の力が緩んだ。

「どうしたの？　諦めてもう一度してくれる気になった？」

玲琳が小首をかしげると、彼は手を離して喉のあたりを押さえた。

「いや……何か、喉に……うっ……！」

瞬間えずき、身体を前に折り、鍠牙は大きく口を開けると突如大量の真っ赤な血を吐き出した。

およそ人の胃から吐き出されたとは考えられぬ大量の赤い液体が寝台に広がり、玲琳の膝を染める。

これが彼の血液であれば、彼は今死んでいなければおかしい。それほど大量の液体だ。しかし鍠牙は寝台に座り込んだまま、ただ呆然と目の前の惨状を眺めていた。

一方その光景を目の当たりにした玲琳も、彼と同じく呆然と座り込んでいる。

これに似た光景を、玲琳はずっと昔に見たことがあった。驚くには値しないことなのだ。玲琳はこの国へ嫁いでから今の今までずっと、この瞬間を求めて夜ごと彼に解蠱薬を飲ませてきたのだから。

「鍠牙……」

玲琳は自分が出せる最大限の平静な声で夫に呼びかけた。
「お前、いま呪いが解けたね？」
魁国王楊鍠牙は、幼い頃蠱毒を飲まされた。実の母親の手で毒を盛られ、今日まで
ずっと呪われ続けてきたのだ。その毒が……たった今消えたことを玲琳は悟った。昔
蠱師だった母が毒に冒された患者を解蠱した時、よく似た状況になったことを覚えて
いる。玲琳が夜ごと飲ませてきた解蠱薬が、今夜この時ようやく効果を現したのだ。
「鍠牙」
玲琳はもう一度呼びかけた。今度はさっきより少し強く――しかし揺るぎなく穏や
かに――どんな嵐にも折れぬ竹のごときしなやかさを伴って。自分が今けっして動じ
てはいないことを玲琳は彼に示そうとした。だから彼が動じる必要もないのだと、示
そうとした。が――
「姫、ありがとう」
鍠牙は鷹揚に笑ってみせた。
「自分でも分かるものなんだな。確かになくなっているよ。何年もずっとここに巣
くっていたモノが、確かに消えた」
自分の胸をとんと指で叩いてみせる。
「ずいぶん長かったが……これで俺はもう二度と苦しまなくていいんだな。やっと自

由になった。やっと救われた。全部あなたのおかげだ、ありがとう」

鍠牙は微笑（ほほえ）みを浮かべたまま手を伸ばし、玲琳の頬を撫でた。

彼の言う通りだ。鍠牙はもう二度と苦しみに苛（さいな）まれる夜を迎えることはない。彼を縛るものは何もない。ああそうだ……彼は解放された。

穏やかな笑みを向けてくる鍠牙を見上げ、玲琳は舌打ちしそうになった。

はっきり分かってしまったからだ。認めるのは癪（しゃく）だが、認めぬわけにはいくまい。

自分は今、間違いなく対応を間違った。

第一章

魁国の後宮には、王妃の他に側室が一人存在する。

王妃にとっては王の寵を競う宿敵ともいえる存在である。

そして現在この後宮では、王妃と側室を巡って密かに一つのとある問題が持ち上がっていた。

「はあああああああ……」

秋雨の降りしきるある朝、王妃玲琳の部屋で地に沈むような深いため息をついている者が一人。玲琳が祖国の斎から伴ってきた、葉歌という名の女官である。

「朝から何を嘆いているのよ。言っておくけれど、一人や二人男に振られたくらいで世を儚むことはないわ。お前にはお前の魅力があるのだから」

鍠牙の部屋でいつものように夜を過ごして戻ってきた玲琳は、忠実なる女官の憂いを先回りして想像し、心から励ました。

その心遣いに葉歌はじろりと険しい目つきを返す。

「そんなんじゃありません。ただ、最近ちょっと……里里様が……」

また、はあ……とため息を吐く。里里というのは鍠牙の側室の名だ。つまり玲琳にとっては鍠牙を奪い合う敵と言うべき女の名である。

「里里が何？」

「……いえ、なんだか……最近ものすごく……見てくるなと……」

「見てくる……？　ああ、そういえばそうね」

玲琳は側室が傍にいる時のことを思い出し、一つ頷く。側室の里里はしばしば玲琳の傍に侍っているが、近頃は葉歌が近くにいると葉歌のことをよく見ている。

「あれは見ているというか……睨んでいるのではないの？　お前、何かした？」

問われて葉歌はうっと呻き、ぶんぶんと首を振る。

「何にもしてませんよ。というか、こんな話で誤魔化そうっていったってそうはいきませんからね！」

と、語調を変えて、彼女は突然玲琳に詰め寄った。

「今日という今日は絶対に追及すると決めてたんですよ。私のことなんかより、ご自分の心配をなさってください」

「私？　私が自分の何を心配する必要があるというの」

「王様とのことを心配するべきだと言ってるんです」

それだけで、玲琳は葉歌が何を言わんとしているのかおおむね察した。

葉歌は逃がすまいというように、厳しい顔で説教を始める。

「お妃様が王様と結ばれるのを、私がどれだけ待ってたと思うんですか。それがようやく、やっとの想いで初夜を迎えるかと思えば、途中でうやむやに終わってしまうし……あれから十日も経つのに何もないじゃありませんか！　こんなことでは私が斎の彩蘭様に叱られてしまいますわ」

やはりそれかと玲琳は肩をすくめた。

「何故お前がお姉様に怒られるのよ」

軽く椅子に腰かけて足を組み、そこに頬杖をついて首を傾げる。

「だって……彩蘭様にもう報告してしまいましたもの。お妃様と王様がついに結ばれるって」

やや気まずそうに明かされ、玲琳はぱちくりと目をしばたたいた。

一見ただの女官に見えるが、実のところこの女は玲琳の行動を逐一斎の女帝に知らせる間諜の役割もこなしている。その行動範囲は広く、玲琳と鍠牙の閨さえ見張っているほどだ。

「王様が覚悟を決めてくださって、私は小躍りして喜んだんですよ。それなのに……結局今回も初夜はお流れじゃないですか！　お妃様が王様を蔑ろにしたせいですからね！」

葉歌は悪びれもせずぶつぶつと文句を言う。玲琳は耳を塞ぎたい気持ちになりながら、ため息で忠実なる女官の意見を払いのけた。

「仕方がないでしょう、だってあの男が私に触るのを嫌がるのだもの」

それは紛れもない事実で、あの夜以来鍠牙は玲琳に触れようとしない。これ以上舌を噛まれるのは御免だ——というのが彼の言い分である。あれからもう十日経つが、彼は未だに玲琳を拒んでいた。

やっぱり自分がしくじったと思ったのは正しかった……そう思う玲琳だったが、ならばどう対処するのが正解だったのかと聞かれても、定かには分からないのである。なにしろ玲琳の夫たる楊鍠牙は変態を超えた変態で、妻の想像を易々と飛び越える愚挙を平気で犯す生き物なのだ。あの毒の化生が何を考えているのか全て理解するなど、蟲師たる玲琳にも出来はしないのである。

「そこが面白いところなのだけれどね……」

薄ら笑いの玲琳に、葉歌は剣呑な眼差しを向ける。

「そんなのんきなこと言って、彩蘭様のお叱りを受けても知りませんからね」

「お姉様がこんなことでお心を乱すはずはないわ」

玲琳はふふんと笑って言い返したのだった。

「もおおお！　お妃様に進言しても無駄でしたよね！　ええ、知ってます、分かってます、もういいです！　こうなったら王様に直接お願いしますから！」

葉歌は不躾にびしっと玲琳の顔を指さして、足音荒く部屋から出て行った。


一方その頃――

魁国王の部屋で向き合う男女の姿があった。

一人は玲琳の夫にして魁国王楊鍠牙。もう一人は鍠牙の側室たる姜里里である。

見た目も中身も血筋すらも、ある種の派手さを有する正妃と違い、地味を極め無表情を張り付けた側室の里里は、王に向き合い無感情に問うた。

「ですから……いつになったら葉歌さんを処刑するのかと聞いているんです、陛下」

「またその話か、里里」

鍠牙は眉を顰めて腕組みする。

「何度でも申し上げます。葉歌さんはお妃様の命を狙う刺客なんですよね？　それをいつまで放置しているつもりなんですか？」

現在魁の後宮では、王妃と側室の間で密かにとある問題が持ち上がっている。それがこれだ。側室の里里が、王妃の可愛がっている女官を異常に敵視しているのだ。

「このことがいまだに解決されていないのは、陛下の怠慢ではありませんか？」

　里里は淡々と詰めてくる。

　本来側室というのは、王の寵を得るため心を尽くして王に仕えるものではないのか……などと鍠牙は考える。しかしこの側室ときたら、鍠牙の命令を聞くつもりなどさらさらないらしい。里里が従うのは、王妃である玲琳の命令だけなのだ。

　そして玲琳も、里里を可愛がり大事にしているのは明らかだった。夫たる鍠牙よりよほど大事に可愛がられて優遇されているのが、この側室なのである。

　正妃と側室の仲がいいのは大いに結構なことだ。ありがた過ぎて反吐(へど)が出そうなくらいに。

　己の狭量を熟知する鍠牙は、それを隠して微苦笑する。

「刺客だろうと何だろうと、葉歌は妃を慕っている。お前と同じにな」

「同じ？　私が葉歌さんならとっくに自害でも……」

　里里が無表情で不穏な言葉を口にした途端、部屋の戸がすさまじい勢いで開かれた。

「王様!!」

　怒声と共に飛び込んできたのは話題の人、葉歌だった。

　髪を振り乱して駆け込んできた葉歌は、里里の姿を見るなりぎくりとする。

「あ……里里様、いらっしゃったんですか」

たちまち葉歌の勢いはしぼんだ。どうも葉歌は里里を苦手としている節がある。

里里は変わらぬ無表情で、じーっと葉歌を見つめた。見つめているというより、睨んでいるのかもしれない。その眼差しを受け、葉歌は怪しげに目を泳がせた。

おかしな話だ……鍠牙はいつも不思議に思う。

葉歌は——この女はただの女官ではない。斎から送り込まれた間諜——でもない。

この女官の正体は、玲琳の母の故郷『蠱毒の里』で生まれ育った暗殺者だ。蠱師の毒すら効かぬ生まれついての人殺しだ。里からの命を受け、玲琳を暗殺するためこの後宮に仕えている。

少なくとも鍠牙はこの国で彼女より強い人間に会ったことはない。だというのに、この図抜けた殺人能力を誇る刺客は、何の力も持たぬ里里を苦手としているのだ。まったくもって世の中とはおかしなものである。

玲琳を主と慕う里里は威嚇するように葉歌を見据える。

「葉歌さん、ちょうどいいところに来てくださいました。今、あなたのことを陛下に相談していたところです。暗殺者であるあなたがお妃様に仕えていることを、私は危険視しています」

眉一つ動かすことなくいきなりそんなことを言いだした。

あまりに唐突な言葉を投げつけられ葉歌は狼狽えるが、とっさに弁明することができず両者ともに沈黙する。

彼女たちを眺めているうち、鍠牙はふと問題を上手く解決できるのではないかという気持ちがした。

凍(い)てついた空気に覆われた室内で、黙考した末に口を開く。

「葉歌、里里はお前を処刑するべきだと言っている」

「は!? え? ええ……!?」

葉歌が素っ頓狂な声を上げるのも無理はない。鍠牙はがりがりと頭を掻(か)きながら、どう話を持っていくかと頭の中で計画を組み立てた。

「……葉歌、お前は妃を殺せると言うが、例えば妃はお前を殺せるか?」

その問いを受け、葉歌はようやく頭が働いたか真顔になる。

「いいえ、私に毒は効きません。私は蠱師を殺す『森羅(しんら)』を冠する者。森羅に毒は効きません」

「だろうな。なら……俺にお前は殺せるか?」

その問いかけは想定の範囲外だったようで、葉歌は再びきょとんとした。

「え、王様が私を……? ええと……はっきり申し上げたほうがいいんですか? その……無理だと思いますけど」

彼女は躊躇(ためら)いながらもそう答える。鍠牙は鷹揚に頷いた。

「だろうな。俺もお前を殺せる気はしない」

彼女が人を殺す様を目の当たりにしたことがある。自分にこの女は殺せないだろうと思う。この国に、彼女より強い人間はいない。

「だがな、俺もいいかげんうんざりしている。こうも頻繁に、お前の存在が妃のためにならないと訴えられたら、いいかげんそうなのかという気がしてくる」

「うっ……それは、そうでしょうけど……」

暗殺者である葉歌は返す言葉もないらしく俯いた。

鍠牙はそもそも……ということを尋ねた。

「葉歌、お前はどうして妃を暗殺しようとしているんだ？」

「え？　それは、里長の命令で……」

鍠牙は間髪を容れずに畳みかける。

「ああ、そうだな。お前に里長の命令を伝えているのは、蠱毒の里にいるお前の兄だろう？　その兄に、妃暗殺の命令を撤回するよう提案してみてくれないか」

すると葉歌は困惑から一転、驚きを経てかすかな怒りを滲ませた。

「お役目を忠実に遂行することが、森羅たる私の存在意義です」

「お前の言い分は分かる。だがな、俺も妃を失いたくはないんだ。お前がこれ以上妃の命を狙うというなら、本当にお前を処刑しなければならなくなる」

しかし真剣な鍠牙の言葉は、葉歌に呆れ顔をさせた。

「無理だと……思いますけど」

彼女の言う通り、ついさっき鍠牙は彼女を殺せる気がしないとこの口で言ったばかりだ。しかし——

「殺せない人間などいないぞ」

鍠牙は己の言葉を一瞬で翻した。

「どれほど殺せそうにない相手でも、殺す方法は存在する。お前が妃の命を諦めてくれないなら、俺はどんな手を使ってでもお前を殺さなければならん。何度でも言うが、この世に殺せない人間などいない」

どこまでも真剣な顔を作り、鍠牙は平気で嘘を吐いた。

もちろん葉歌を殺すつもりなどない。この女がもはや玲琳の敵ではないことを鍠牙はよく知っている。これは玲琳のお気に入りで、鍠牙が傷をつけていいものではないのだ。だが——煩わしい問題を解決するために、鍠牙は堂々と嘘を吐いた。

葉歌は渋い顔で鍠牙を見上げ、やや控えめに訴える。

「……王様が私を殺すなんて……無理ですよ」

「ならクビにしよう」

「えっ!!」

突然の解雇宣言に、たちまち葉歌は狼狽(ろうばい)した。

「言っておくが、女官に支払われる給金は税金で、お前をクビにする権限は俺にある。命令を全うできずクビにされるのは困るだろう?」

「え、ちょ、待って……それは……!」

あたふたと手を動かして困惑する葉歌に、鍠牙はにこりと笑いかけた。

「死にたくなければ……もしくはクビになりたくなければ……妃の暗殺命令を取り下げるよう頼んでみてくれ。役目を果たすためあらゆる手を尽くすのが、本当の役目なんじゃないのか?」

そう訴えると、葉歌はうなだれて長いこと考えこんだ。

「…………す、少し考えさせてください」

長考の末、葉歌はそれだけ言い残し部屋から出て行った。

はたして彼女は自分の望み通り動いてくれるだろうか……鍠牙は思案する。

「陛下、ありがとうございます」

礼を言われてそっちを向くと、里里が真(ま)っ直(す)ぐ鍠牙を見ていた。

「正直、私は陛下が口先だけで誤魔化して、何もしてくださらないのではないかと思っていました」

「酷い言いようだな」

「今まで陛下は何もしてくださいませんでしたから。ですが、やはり陛下はお妃様を想っていらっしゃるのですね」

その言葉に込められている感情が疑いか信頼かを見極めるには、里里の表情は色が乏し過ぎたが、鍠牙はそれを努めて好意的に受け取った。

「当然だろう。妃は気にしていないようだが、お前たちの間に問題があるのはちゃんと分かっている。お前の訴えも無視していたわけじゃない。ずっと考えていたが、これが問題を解決するいい機会になるんじゃないかと……ふと思ってな。妃がこの先も平穏無事に暮らしてくれることが俺の願いだ」

「同感です。これで葉歌さんが諦めてくれるのなら、私に異論はありません」

里里は深々と頭を垂れ、ちろりと目を上げた。

「ですから陛下も、これ以上お妃様からお逃げになりませんように」

「何の話だ？」

「……私は人に触れることを特別な行為と思っていませんので、そこに嫌悪も歓喜もありません。ですから陛下が私を慰みものにしても、一生無視なさっても、何とも思いません」

無感情極まる平坦さで語る里里の表情が、そこでかすかに変わった。鍠牙の内側を探ろうとでもいうように、じいっと顔を見上げてくる。

「ですが……お妃様は陛下と触れ合うことを特別だと思っていらっしゃる。ですから、陛下はお妃様から逃げるべきではないと存じます。あなたはお妃様の蟲で、蟲師の手を拒む権利などないのですから。あの男は私と子を作る気がないのか……と、お妃様はご立腹でしたよ」

思わぬところから妻の愚痴を聞かされて、鍠牙は笑ってしまった。

「そうか、よく覚えておこう」

なだめるようにそう言って、どうにか納得したらしい里里を退室させる。

短時間でどっと疲れ、静かになった室内で大きく息をついた。

はたしてこれで問題を上手く解決できるだろうか……一人残された部屋の中、鍠牙は雲をつかむような心地で思案し続けた。

それから一月ほど経った昼下がりのこと――

「で、昨夜の首尾は？」

そう聞いてきたのは女官の葉歌――ではなかった。この日玲琳にそう聞いてきたのは、鍠牙の母にして先王の妃、夕蓮（ゆうれん）である。

住まう場所は、後宮の一角にある離れだ。彼女はここに犯罪者として幽閉されている。そう……夕蓮は咎人だ。先王の妃でありながら蠱師の血を持ち、息子に毒を飲ませた。罪に塗れながら人々の愛情を一身に受ける呪わしき化け物——それがこの夕蓮という女だ。

この、化け物であり唯一といってもいい友人でもある彼女のもとを、玲琳は何かにつけては訪ねている。

「無論あの男はいぎたなく寝ていたわよ」

玲琳は夕蓮の問いに、つんと澄ました態度で答えた。玲琳がいるのは離れの外で、窓越しに会話をしているのだった。

「あらら、困った子ねえ鍠牙ったら。せっかく私の毒から解放されたのに、このままじゃあなたに愛想つかされちゃう」

夕蓮は、ぷりぷり怒りながらくすくす笑うという器用な真似をしてみせる。

「ずいぶん余裕ね、お前の毒が打ち破られたというのに。理解している？　お前は、私に、負けたのよ」

玲琳は壁に背を預け、腕組みしてぐるりと窓を見上げた。

鉄格子のはまった窓から白く華奢な手がするりと降りてきて、玲琳の頰に触れる。

「うふふ……私ねえ、喜んでるのよ。あなたが私の毒を消してくれて……あの子を楽にしてくれて……とってもとっても嬉しいんだから」

窓から覗(のぞ)くのは人外の美貌を持つ仙女のごとき女。四十を超えているとはとても思えぬ夕蓮は、童女のようなあどけない顔で笑っている。

「だって……そうすればまた、あの子をどうやって苦しめようかしらって考えられるでしょ？　ずっと同じじゃ飽きちゃうんだもの。私はねえ、鍠牙のことが本当に可愛いのよ」

慈愛すら感じられる微笑みを向けられ、玲琳は一瞬瞠目(どうもく)した後、唇を三日月の形にしてみせた。

「お前は嘘を吐かないね。鍠牙が苦しむ姿を見て、本当に喜んでいるのだろうね。この……化け物め」

猛禽類(もうきんるい)のような鋭い目で、窓越しに夕蓮を見上げ——

「私はお前のそういうところが……大好きよ」

玲琳は心から告げた。

「うん……知ってる」

と、夕蓮はほんの一滴悲しみを落とした淡い笑みを浮かべた。

この女が本質的に玲琳の愛を欲していないことを玲琳は知っているが、この愛を隠してやるほど己が優しくはないこともまた知っていた。

奇妙な沈黙と共に秋風がびょうと吹き、玲琳は舞い上がった髪を押さえる。

「お話し中失礼しますわ」

そこで控えめに声がかけられ、玲琳は飛び上がるほど驚いて振り返った。

少し離れたところに、女官の葉歌が立っていた。

「何か用事？」

「ええ、お妃様をお呼びしてくるよう言われまして……」

「そう、すぐ行くわ」

玲琳は壁から離れ、後宮の建物に戻ろうとする。しかし呼びに来たはずの葉歌はその場を動かず、ちらちらと不自然に夕蓮を見た。

「どうしたの？　葉歌」

玲琳が首をかしげて促すと、葉歌はうんうんとしばし唸って言いにくそうに切り出した。

「あの……実は私、夕蓮様にご相談したいことがあるのですが」

突然の申し出に、夕蓮は目をぱちくりさせて好奇の光を宿した。

「ええ？　私に？　いったいなあに？」

輝く瞳で問われ、しばし葛藤し……

「いえ、そんな大した相談じゃないんですが、ちょっと困ってまして、その………人から好かれるにはどうしたらいいんですかね？」

葉歌は額に季節外れの汗を纏わせて、目を泳がせながら聞いた。

夕蓮はまたぱちぱちと目をしばたたく。

玲琳は愕然として葉歌に近づき、彼女の肩を力強く掴んだ。

「葉歌、いくら理想の殿方に出会えないからといって、これは無謀が過ぎるというものだわ。化け物の技を易々と体得できるはずがないでしょう？　投げやりになるのはおやめ。いくらお前が男にモテないからといって！」

大切な女官がとうとうここまで追い詰められてしまったかと、玲琳は本気で焦る。

途端、葉歌はムッとしたように口を曲げた。

「悪かったですね、醜女で」

「誰もお前が醜いなんて思っていないわよ。私は人の美醜に興味などないもの」

と、自信満々に玲琳。

「そうよ、あなたのお顔ってとっても愛嬌があると思うの～」

と、励ますように夕蓮。

「それはどうも！　お褒め頂いて光栄です！　けれど残念ながら、そーいうことじゃありませんわ。モテたいとかじゃなくて……私………里里様に嫌われて困ってるんです」

半ば不貞腐れたように葉歌は言った。

玲琳と夕蓮は図らずも顔を見合わせる。

「お妃様、そもそも私と里里様のいざこざに気づいてました？　言っときますけどね、王様だって気づいてましたからね。里里様は……暗殺者の私が嫌いなんです。そのせいでちょっと前……王様にも言われたんですよ、やっぱりお妃様の命を狙っているような女官をおいておけないって。このままじゃ私、クビになってしまいます……」

「……は？」

と、玲琳は一音で聞き返した。疑問を示すよりいささか低くなったその声は、脅しめいていて葉歌をたじろがせた。

「あの男がお前をクビにするというの？　何の権利があって私の葉歌を？」

怒りは葉歌に対してではなく、その場にいない男に対して向けられていた。

「仕方がないんですよ。私のお給金は税金から出てるんですもの！」

葉歌は口惜しげに拳を握った。

玲琳は怒りで一瞬話の筋を見失ったが、はたと冷静になった。

「待ちなさい。だからといってどうして里里に好かれたいという話になるのよ」

「だって、私が危険人物だってことを一番心配してるのは里里様なんですもの。だから里里様が私を受け入れてくれれば、王様も考えを変えてくださるんじゃないかと思うんですよ。まあ、本当は私がお妃様をほら……アレするのをやめればいいことなんでしょうけど……」

「へえ？　私を殺すのは諦めるの？」

玲琳は葉歌が濁したところをはっきりと言葉にする。

「あー……いえ、それは……いちおう里に書簡で打診しましたけど、ものすごいお叱りのお返事が来たので諦めました。それで私、もう里里様に好かれるしかないと思って、色々な人に相談してて……それでつい」

「それでついこの女にすがったというわけ？　お前は愚かね。人には人の領域があるということを理解していないの？　お前には化け物の真似など無理よ」

そうでしょう？　と同意を求めるように玲琳は背後へ視線を送る。監獄の中から楽しげに見ていた夕蓮は軽く首を傾けた。

「よく分からないわ。人に好かれるために何かするってどういうこと？　みんなが私を好きになるのは普通でしょ？」

化け物の無邪気を受け止め、葉歌はげんなりしたように肩を落とした。

「……ためになるお話をありがとうございます。もういいです」

諦観のため息をつき、表情を変えて顔を上げる。

「それじゃあお妃様、部屋にお戻りくださいまし。客人がお待ちですよ」

「客人？」

「ええ、たいそうなお客様じゃありませんけどね」

「ふうん……分かったわ」

玲琳はくるりと離れに向き直り、一言別れの挨拶を告げる。

「また来るわ」

「また来てね」

夕蓮はひらひらと手を振る。

玲琳は彼女に背を向け、振り返らずに己の部屋へと戻って行った。


部屋に戻ると、そこで待っていたのは鍠牙の忠実な側近の姜利汪と、見知らぬ一人の女だった。上質な衣を纏って佇む姿は身分と気位の高さを感じさせる。

「お妃様……言っときますけど、あの方は見知らぬ女じゃありませんからね。何度か会ったことがある、王様の妹姫様ですからね」

玲琳に不用意なことを言わせまいと、部屋に入るなり葉歌が耳打ちした。

「覚えてませんか？　お妃様が嫁いですぐのころ池に突き落とした姫ですよ」

言われてようやく玲琳は思い出した。

「ああ、お前……私が命を助けてやった女ね」

　なるほどと頷く玲琳に、姫は目をつり上げて何か言いかけた。が、それを遮って利汪が前に出た。

「お妃様、ご相談がございます」

「お前が私に相談？　何かしら？」

　その申し出が意外で玲琳は驚いた。この男は玲琳を厄介ごとの種だと思っている節がある。

「実はこちらの姫君、紗南様に縁談が持ち上がっているのです」

「へえ、そう。おめでとう」

「お相手は、飛国の第二王子榮覇様。お妃様はご存じの方かと思いますが……」

「？　いいえ、知らないわ」

　玲琳はすぐさま否定した。そんな名には全く覚えがない。利汪が戸惑っている隙に、背後の紗南が突然口を開いた。

「無知でいらっしゃるわね。それでも大国の皇女かしら。飛国といえば斎帝国に匹敵する歴史ある国だというのに、その国の王子を知らないなんて信じられない」

　そんなことを言われたところで、知らないものは知らないのだ。

「知らないわよ、そんな男は。何の関わりもない男だもの」

　きっぱり言った途端、

「いいや、姫はその王子と関わりがあるぞ」

背後からよく知った男の声がかけられた。振り返ると、鍠牙が部屋の外から中を見ている。彼は今でも玲琳の部屋に入ってくることはしない。この部屋に入るということは、斎の女帝を女神と称えるに等しい行為だからだ。斎の女帝李彩蘭を嫌っている鍠牙はそれを良しとしない。

「お兄様！」

妹に呼ばれ、鍠牙はちらと彼女を見ると玲琳に向かって手招きした。

「何？」

近づく玲琳の腕を引き、部屋から連れ出す。

「よそで話そう」

と、彼は玲琳を自分の部屋まで引いて行った。

「姫は飛国の王子と関わりがある」

部屋に入るなり彼はまた言った。

どさりと長椅子に腰かけた鍠牙の膝に、玲琳は無理やり座って襟をぐいと引いた。

「そんな男は知らないわ」

「琉伽姫の婚約者だ」

「琉伽姫……」

玲琳は眉を顰めてその名を繰り返す。その様子で察したか、鍠牙は続けた。

「あなたの姉の名だろう。斎帝国で、人を幽鬼にする術をかけられた……」

「ああ！」

玲琳はようやく合点がいき、鍠牙の襟を解放した。

以前斎帝国に里帰りをした時、玲琳は姉である琉伽の蠱病を解蠱した。彼女の婚約していた相手が、飛国の王子だったはずだ。説明されれば確かに無関係ではない。

同時に鍠牙が玲琳をここへ連れ込んだ理由も察する。

「なるほどね……その王子が斎の皇女のお下がりだと、あの子は知らないのね」

「言い方は悪すぎるが、まあそういうことだ。飛国の王子は破談にされたことがずいぶん気に入らなかったらしくてな、妻は他の国からもらうと宣言したそうだ」

「だけど、斎の姫との婚姻がふいになったからといって何故魁の姫？　大帝国の姫と僻地の蛮族の姫では格が違いすぎるわ」

鍠牙は苦笑しながら玲琳の頬をつまんだ。

「言い方は悪すぎるが、否定はできんな。飛国と魁では釣り合わんだろうよ。だから斎の女帝に話を通してもらった。妹の結婚相手にちょうどいい男はいないか――例えば婚約がふいになったばかりの大国の王子などは――と相談してな」

しれっと言われ、玲琳は度肝を抜かれて目を真ん丸くした。

「お前がお姉様に相談ですって⁉」

「ああ、俺と斎の女帝は仲がいいんだ」

にやりと笑って言われ、玲琳はぽかんとしたあと思わず笑い返した。

「つまらない嘘」

鍠牙が彩蘭を嫌っていることくらい知っている。

「斎の女帝に相談したのは本当だがな」

「お姉様は何とおっしゃった？」

玲琳は鍠牙の体に体重をかけて答えを求めた。鍠牙はその重みに押されて長椅子に寝そべり、玲琳はそれに引きずられて彼の胸に倒れ込む。そのまま頬杖をついて鍠牙の顔を見下ろすと、彼は手遊びに玲琳の髪を引いた。

「魁の力になろう――だそうだ」

「あの悪辣非道なお姉様が！」

「おかげでこっちの目論見（もくろみ）通りに事が運びそうだ」

にんまり笑う鍠牙の上で足をバタバタ動かしながら、玲琳は感心した。

「お前はほとんど馬鹿だけれど、時々感心したくなる男ねえ」

あの彩蘭を動かせる人間などこの世にそうはいまい。

「ついては一つ頼みがあるんだが」

「何？　ご褒美に何でも言うことを聞いてあげるわよ」
「それはありがたいな、あなたの愛をもらっても？」
などと、彼がふざけた物言いをするので、
「代わりに侮蔑をあげるわ」
玲琳は予定調和のごとく冷淡な言葉を返す。
「残念だ。それじゃあ代わりに頼みたいことがある。飛国の王子が近々客人として
やってくる予定だ。王妃としてあなたにもてなしをしてほしい」
「……ん？　んん？　……王妃が他国の王子をもてなすの？」
予想もしていなかった頼みごとをされ、玲琳は頭の中が混乱した。男子禁制である
斎帝国の後宮に、男の客がやってくることはほとんどなかったからだ。
「斎ではどうだか知らんが、我が国で国賓をもてなすのは王妃の役目だ。ちなみに男
が女の生家を訪ねて直接求婚するのが、飛国の慣(なら)わしらしい」
玲琳の困惑を察し、鍠牙が説明する。
「へえ、そうなの……つまり飛国の王子がお前の妹に求婚しに来るということね。私
は私にできるもてなしをすればいいのでしょう？」
考えているうち、少しわくわくとした気持ちが湧いてくる。飛国の人間に会ったこ
とは一度もなかったから、玲琳は彼らがどのような国民性を持っているか知らない。

つまり——もてなす相手は玲琳の蟲たちを喜んで受け入れてくれる人たちかもしれないということだ。

にんまり笑って想像の翼を広げていると、鍠牙がしっと頬を摑んできた。

「姫、あなたが考えていることを当ててやろうか？　頼むからやめてくれ。あなたを受け入れられる人間が俺以外にいないことを自覚してくれ」

「そうね、お前ほど奇特な男はそうそういないわ」

玲琳は思わず笑み崩れ、指先を鍠牙に近づけた。袖口からしゅるしゅると這い出てきた紫色の毒々しい蛇が、玲琳の指を伝って鍠牙の唇をちろちろと舐めた。鍠牙は玲琳の頬を解放し、毒蛇の頭を人差し指で搔くように撫でる。

「お前は本当に奇特な男ねえ……」

くっくと笑いながら蛇をひっこめ、玲琳はぐっと彼に顔を近づけた。蛇を真似て鍠牙の唇に舌を這わせようとするが、その寸前、下敷きになっている鍠牙が玲琳の口を手で押さえた。

玲琳はきょとんとし、ムッとし、彼の腹をぽかっと叩いた。玲琳の非力では何の痛みも与えられないだろうと思ったが、鍠牙はうぐっと顔をしかめた。

「どうしたの？」

「先月剣の稽古中に手傷を負ってな……まだ治ってない」

「へえ……」

玲琳は傷があると思しき場所に手を這わせる。

「おい、あまり触るな」

「嫌よ、お前に触れたいの。お前に触れると毒の海に溺れられるのだもの」

あの夜もそうだった。あんなことは初めてだった。思い出すだけで胸が高鳴る。この行為の先にもっと凄まじい……そして恐ろしいものが秘められているような気がするのに、彼は玲琳を拒もうとする。

「お前の毒に触れたいの。だから服が邪魔なのよ」

玲琳は鍠牙を押さえつけ、真顔で言った。

「服だけじゃないわ、皮も邪魔。肉も……骨も邪魔だわ。その奥にあるお前の毒に触れたいのよ。それが欲しいの、何故くれないの？」

爛々と輝く毒蛇のごとき目が鍠牙を射る。

鍠牙は恐れるでも困るでもなく淡々と玲琳を見返し、一つ小さく嘆息した。

「分かった、飛国の王子のもてなしが無事に終わったら……全部終わったらあげよう。あなたが欲しがるものなら何でも手に入れてあげるのが俺の役目だからな」

たちまち玲琳はぱっと表情を明るくする。

「本当ね？　約束よ？」

「ああ、約束約束」

「違えたら……酷いわよ？」

「どうぞ好きなだけ切り刻んで殺してくれ」

「いいえ、もしも約束を違えたら……もうお前を殺してやらないよ」

その言葉を聞いた途端、鍠牙がぎょっとした顔になる。

「姫」

「約束よ？　終わったら、全部もらうからね？」

「分かった、絶対だ。約束する」

言質を取り、玲琳はにこっと笑って鍠牙の胸に頭を落とした。

「ふふ……楽しみね」

「そうだな」

苦々しげな鍠牙の相槌を聞き、玲琳はまた笑った。

あの時対応を誤ったと玲琳は思っていた。けれど、あれからずいぶん経つが鍠牙は落ち着いている。玲琳を拒んではいたが、いずれくれると今約束してくれた。

自分があの時案じたほど、誤ってはいなかったのかもしれない……そう思うけれど、頭のどこかで警鐘が小さく鳴り続けているのだった。

飛国の王子が魁を訪れるのは、それから一月後のこと——になるはずだった。

が、それより半月も早い晩秋の早朝、彼らは突如やってきた。

「は!? どういうことだ!?」

安らかな眠りを満喫していた鍠牙は、側近の利汪に起こされ寝台から飛び出した。

「飛国の第二王子、燭榮覇様がおいでになりました」

深刻な表情でもう一度告げる利汪に、鍠牙は寝ぼけた頭を抱える。

「隊列が予想より早く進んで、予定より早く到着したのかしらね」

鍠牙と共寝をしていた玲琳は、寝台に座り込んで思い付きを口にした。

「いえ……燭榮覇様は隊列を置き去りにして、数人の供だけを連れ騎馬で駆けてきたそうです。今朝方王都へ入り、たった今この王宮へたどり着いたとのこと。王子殿下は開門せよと衛士を怒鳴りつけ、疑った衛士たちに暴行し、城門が大騒ぎになっていたと……」

利汪は頭の痛そうな顔で告げる。鍠牙もよく似た表情で、怒りのようなため息をついた。

「少々問題があるお方のようだな。それで、王子殿下は今？」

「賓客としてお迎えしております」

「それなら私の出番ということね？」

玲琳は自分の顔を指す。夫とその側近は不安しかないという表情で玲琳を見た。

「お妃様、体調不良ということにして代役を立てても構いませんが。両国の友好のためにはむしろそれがよろしいかと」

「お前……失礼ね。客をもてなすくらいのことはできるわよ」

玲琳は頬を膨らませて寝台から降りると、颯爽と鍠牙の部屋を出て行こうとし、直前で振り返る。

「約束を忘れてはダメよ」

にいっと笑ってそう告げると、今度こそ部屋を後にした。

玲琳は一旦自分の部屋に戻って着替えを済ませる。

また出て行くと、後から葉歌がついてきた。

「もうほんと、いったい何だっていうんでしょう！」

葉歌は背後でぷりぷりと怒っている。

「衛士相手に大暴れしたっていうじゃありませんか。そんな人をおもてなししなくちゃいけないなんて……危ないですわ。お妃様、やっぱり誰かに代わってもらった方がいいんじゃありません？」

「私を心配してくれるの？」

　玲琳は苦笑しながら歩いてゆく。

「そりゃあ心配しますよ！　お妃様のことを何も知らない無知な殿方が、お妃様に無体を働いたら……たちまち毒の餌食になって、外交問題勃発じゃありませんか！」

　なるほど彼女は、玲琳が王子を害することを心配しているらしい。全く立派な女官がいて頼もしい限りである。玲琳はじろりと彼女を睨んだ。

「だったらその前に、お前が王子の蛮行を止めなさい」

「ええ!?　私がですか？　うっかり殺しちゃったらどうしましょう……？」

　その光景を想像したのか、葉歌はおろおろと口元を押さえる。

「死体は毒草園に埋めればいいわ。いい肥しになるでしょうよ」

　ほぼほぼ本気で言ってのけたところで、二人は客人の待つ部屋へと到着した。玲琳は会話の勢いのまま扉を開ける。

　しかし部屋の中を見た途端、驚いて勢いをそがれた。

　部屋には大きな卓が置かれ、贅を凝らしたもてなしがされていた。様々な菓子や料理が所狭しと並び、琴の音が流れている。最も上座に座っているのは一人の男だ。二十歳くらいの男で、派手な色の旅装に身を包んでいる。衣装に似つかわしく顔立ちも派手でよく目立つ。長い髪を襟足で一つにくくっており、それが尻尾のように揺れていた。

椅子に深く腰掛け、杯を干しながら己の部屋にいるかのようにくつろいでおり、まるで自由を体現しているかのような男だと玲琳は思った。他国の王宮を訪れるなりこの態度をとれる人間が、この世にどれだけいるだろうか。

男の背後には旅装の男女が五人程控えており、傍らにはどことなく見覚えのある姫が侍っていた。

「お妃様、おもてなしは私がしますわ。お下がりになってよろしいですわよ」

姫はつんとした態度で言った。

状況から察するに、飛国の王子の嫁候補となった鍠牙の妹であろう――と、玲琳は当たりをつけた。名は確か紗南といったか。

どうやら玲琳に先んじて、飛国の王子たちをもてなそうとしているようだ。つまり、この男が――

「お前が飛国の王子？」

玲琳は支配者のように座している男へ問うた。男は杯を卓に置き、玲琳の方を見た。

「お妃様！　なんて失礼な言い方をなさるの！　この方は飛国の第二王子、燭榮覇様ですわよ！　礼儀を弁(わきま)えたらいかが！」

紗南が怒鳴り、媚びるように彼へとすり寄る。

「申し訳ありませんわ、榮覇様。お妃様の無礼をお許しになってくださいまし」

玲琳はどうしたものかと考え込んでしまう。

自分はもしかすると、この場においてお邪魔虫なのではないだろうか？　狩人の様相を呈している紗南に、この場を譲った方がいいのではあるまいか？

などと考える玲琳だったが、しかし答えを出す前に、支配者のごとく座っていた男
——燭榮覇が口を開いた。

「……くだらねえなあ」

途端、背後で控えていた彼の臣下たちにぴりっと緊張が走った。

「斎の女帝の口添えでここまで来てみたが、無駄足だったたな。俺は媚びるしか能のない馬鹿女が嫌いなんだよ」

冷たく言い捨てられ、紗南は凍り付いた。

榮覇は乱暴に足を組み、じろりと彼女を見やる。

「頭が悪い。品がない。持参金も期待できない。大した血筋でもねえ。やっぱこんなど田舎にまともな女はいねえわ。これでツラがよけりゃあ一晩相手してやってもいいが、この程度じゃなあ」

チッと大きく舌打ちし、席を離れようと立ち上がったが、そんな彼の腕を紗南は

とっさにつかまえた。

「お、お待ちくださいな栄覇様！　ご不快にさせてしまったのなら謝りますわ。もっとお互いのことを知ってゆけばきっと……」

しかし、彼女の訴えを最後まで聞くことなく、栄覇は腕を振り上げた。

「うるっせえなあ……貧乏小国の小娘ごときが勝手に触んじゃねえよ」

振り上げられた腕が、紗南を打とうとする。が、振り下ろされる寸前——

「栄覇様！」

甲高い声がその行為を押しとどめた。栄覇はぴたりと手を止めて、声がする方を振り向いた。控えていた従者の一人、栄覇と同じ年頃の娘が険しい顔で彼を見据えている。愛らしい顔立ちをした娘だ。大きな瞳が怒りで更に大きくなっている。

「もう我慢できません……どうしてあなたはいつもそういう、酷いことを言うんですか！　そのうえ手を上げようとするなんて最低です！　人には優しくしなさいって、いつも言っているでしょ！」

噛みつくような怒鳴り声に、栄覇は渋面で耳を塞いだ。

「うるせーぞ、春華（しゅんか）。てめーは雌鶏（めんどり）の親戚かよ」

「人の話はちゃんと聞きなさい！」

「聞いてるわ。だからうるせーって言ってんだろうが」

「榮覇様!!」

春華と呼ばれた娘はずかずか前に出て、榮覇の袖を強く引いた。

「姫様に謝りなさい」

大きな瞳が強く彼を射る。が、

「謝ったところで事実は変わらんだろが。俺はこんなクソしょうもない女を嫁にする気はねえよ」

そこでとうとう、紗南は泣き崩れた。

「あああ……姫様、申し訳ございません。うちの榮覇様が申し訳ございません！」

春華はおろおろと謝罪し、榮覇はけっと吐き捨てるようにそっぽを向いた。

いったい何だこの状況は……と、玲琳ははたで見ながら呆れ果てた。

「ねえお前……榮覇とかいった？　この国に用がなくなったのなら、もう帰って構わないわよ」

思わずそう言ってしまう。国賓をもてなすという当初の目的など、今や彼方へと放り投げていた。しかし榮覇は腕組みし、堂々と言い返してくる。

「つまらん女を用意したこの国の落ち度だろうが。でもまあ……」

と、彼は値踏みするように玲琳をじろじろ眺めまわした。

「あんたなら一晩相手してやってもいいぞ。そうそうお目にかかれない美人だな」

うんうんと納得するように頷きながら言われ、玲琳は驚いて返す言葉を失った。ここまで率直に男から言い寄られたことがあっただろうか？　否無い。

「お前……女の趣味が悪いわねえ」

啞然（あぜん）として呟（つぶや）くと、傍らで同じく呆然としていた葉歌がはっと正気を取り戻し、棠覇の顔を指さした。

「無礼ですわよ！　一国の王の妃に冗談でも言っていいことと悪いことがあります」

そう言う彼女の行為も相当無礼ではある。

「王様に言いつけますよ！」

「申し訳ございません！　きちんと言い聞かせますので……」

棠覇を庇（かば）うように春華がまた謝罪する。

「うるせえなあ……一々謝ることかよ。辺境の蛮族が高貴な客人のもてなしに嫁を差し出すくらい普通だろうが」

春華の謝罪も空（むな）しく、棠覇はそう言って玲琳に近づいてきた。

「なあ、あんたもそう思うだろ？　こんな僻地に嫁がされた可哀想な斎の皇女」

嘲笑（あざわら）いながら玲琳の腕を摑む。

驚き呆れながら、本当にこれはどういう状況なのだと玲琳は頭を抱えたくなった。

「ねえ、お前……お前が私の蟲を受け入れられるというなら、私もお前を受け入れてあげてもいいわよ」

少々面倒くさくなり、ついそんなことを口にしてしまう。

飛国に愛蟲精神を期待していた玲琳ではあったが、大概の人にとって蟲が恐怖の対象であることはよく分かっているのだ。半ば脅しのような心地で、玲琳は掴まれた腕を軽く持ち上げた。袖口から、かさこそと這い出てきたのは巨大な蠍（さそり）が五匹ほど。

「おわ！」

榮覇は悲鳴を上げて玲琳の手を放し、飛び退った。

「ひっ！　榮覇様！」

ひきつった声を上げた春華が榮覇を守ろうと駆け寄ってくる。が、榮覇は素早くその動きを制し、春華の前に立った。その姿を見て玲琳はまた少し驚く。

「おい……何だてめえ、その蠍は」

榮覇は怖い顔で玲琳を睨んだ。

「これは私の蟲よ。知らないかしら？　魁の王妃は蟲師だということを」

五匹の蠍は玲琳の体を這って床に下り、がさがさと榮覇を包囲した。

「私が一言命じるだけで、この子たちはお前を殺してしまうわよ」

冷ややかに脅す玲琳を見据え、蠍たちを見下ろし、榮覇は小刻みに震え始めた。震え、震え……そして唐突に吹き出した。

「ぶはははは！　なんだあんた！　蠱師だと？　本気か!?　この蠍が全部あんたの蠱だってのか？　何だそれ！　くっそ気持ちわりい！　反吐が出るほど気持ち悪いな」

罵詈雑言を浴びせながら、榮覇はげらげらと笑う。

こんな反応をされたのは初めてで、今度は玲琳が戸惑う番だった。

「あー……気持ちわりい。最高だな。こんな田舎に無駄足踏んだと思ってたが、来た甲斐があったわ。決めた、あんたを嫁にしよう」

「…………は？」

玲琳はもう放心するしかない。いや、玲琳だけでなくその場の全員がぽかんと呆けて反応できずにいる。そんな中、榮覇は平然と話を進めた。

「あんたがいれば、気に入らない奴全員ぶち殺せるってことだろ？　便利だ。しかも飛び切り美人だしな。だからあんたにする。今すぐ魁王と離縁しろ」

呆気にとられる一同の中、最初に正気を取り戻したのは春華だった。彼女はぶるぶると肩を震わせ、大きな目をくわっと見開いた。

「榮覇様ー!!」

その怒号に榮覇は耳を塞ぎ、じろりと見やって一言言った。

「うるせーよ」

「生まれて初めて求婚されたわ」

「…………は？」

玲琳がその事実を告げた時の夫の反応は、妻と全く同じものだった。

鎧牙が朝の支度を整えている途中の部屋へ戻り、玲琳はたった今起きたことを彼に全て説明して聞かせた。

玲琳が長椅子に座って説明を終えると、傍に佇む鎧牙はぽかんと口を開いていた。

ややあって眉を寄せ、口元を押さえて呟く。

「飛国は正気か？」

「魁はずいぶんと舐められているようね」

玲琳はくっと攻撃的な笑みを浮かべてみせた。

そこで女官が客人の訪れを告げ、部屋の主の許しを得て二人の女性が入室してきた。

「大変申し訳ございません！」

二人の女性は部屋へ入るなり床に跪（ひざまず）いた。一人はさっきまで栄覇を諫（いさ）めていた春華という娘で、もう一人は四十代半ばの女性だ。

「お前たちは飛国の女官？」

玲琳が長椅子に座ったまま聞くと、床に頭をこすりつけていた二人は顔を上げた。

「……私は……榮覇王子の乳母です……華祥と申します……」

ぼそぼそと答えたのは四十代半ばの女性だ。さほど整った顔立ちをしているわけでもなく、異常に陰気な女だと玲琳は思った。

「私は華祥の娘で春華と申します。榮覇様の乳兄弟……ということになりますが、今は榮覇様付きの女官として宮廷勤めをしております」

続いて春華がそう名乗る。なるほど、だから気安いしゃべり方をしていたのかと玲琳は納得する。こちらは母と似ても似つかぬ明るい雰囲気で、顔立ちも可憐だ。

「お妃様には本当に、どう謝罪すればいいのか分かりませんが……」

春華は弱り切った様子でそう切り出す。

「榮覇様のことはよく叱っておきましたので、お気を悪くなさらないでいただきたいのです。もちろん私共に魁国を愚弄する意図などありません。それが飛国の総意です。そうですよね、母上」

傍らの母に同意を求めると、華祥はこっくりと頷いた。

「……わざわざ馬鹿にするほど……我々は魁国に関心がありません……」

俯いたまま暗い声で答えた母に、春華はぎょっとした顔を向ける。

「母上！　しいっ！」

唇の前に指を立てて沈黙を促す。

「……何か……いけませんでしたか……？」

華祥は一瞬目を上げたが、皆の視線が集まっていると気づいてまた俯く。

「もう黙っててください！」

春華は厳しく言い含めると、深いため息をついた。気持ちがいいくらい正反対の母娘である。

「お前……ずいぶん苦労しているようね」

玲琳はいささか気の毒になってそう声をかけた。その言葉が身に染みたのか、春華はもう一度深くため息をつく。

「本当に……あの馬鹿王子ときたら……とろい馬車が気に入らないとか言って隊列を置き去りにして勝手にここまで来てしまうし、飛国の王子だと信じてくれない門番を殴ってしまうし気に入った女性には見境なく声をかけるし人を馬鹿にしたことを平気で言うし心の声を閉じ込めておくことが少しもできないし本当にもういいかげんにしていただきたい！」

しゃべっているうち興奮したのか、凄まじい早口で彼女は不満をぶちまけた。

「……ですが……榮覇様が門番を殴ったのは……門番があなたを突き飛ばしたからです……」

母の華祥がぼそぼそと聞こえにくい声で庇うが、春華の不満は収まらない。

「それはそうですけど！　他国に来て最初にやることが人を殴るって……！　飛国の人間は頭がおかしいと思われてしまいます！」

「……そういう……ものですか……？」

華祥は不思議そうに首をかしげる。

「そういうものです！」

断言し、春華はまた頭を垂れた。

「お妃様、あの方の行動はだいぶ頭のおかしい人のあれですが……どうか寛大なお心で王子の無礼をお許しください。どうか……どうか……！　あの方は本気であなた様をどうこうしようなどと考えておりませんから」

「……顔をお上げ」

玲琳が軽く命じると、春華は恐る恐る顔を上げる。

「別段怒ってはいないわ、驚きはしたけれど。鍠牙、お前は怒った？」

と、傍らに立つ夫に問いかける。

「怒った方がよければ怒ろうか？」

鍠牙はにこっと笑って答えた。

「ああ、お前は少し腹を立てていたみたいね。ヤキモチ？」

「そういうのは察しても包み隠しておくのが思いやりというものだ、姫」

にこやかな笑みのまま鍠牙は言い返す。

そのやり取りを見て、春華はまた申し訳なさそうにひれ伏した。

「本当に申し訳ございません」

「女官殿が謝ることはないさ。何か問題が起きたわけでもないしな」

鍠牙は見事な外面で優しく慰める。春華はじいんと感動したように鍠牙を見上げた。

「お心遣いありがとうございます。榮覇様にもその一割でいいから思いやりというものがあってくれれば……」

彼女がため息まじりに首を振ったその時、部屋の外から騒がしい人の声が聞こえてきた。もめるような声がだんだん大きくなり、近づいてくる。室内にいた一同がそれに気づいて思わず声のする方を向くと、けたたましい音を立てて扉が開かれた。

「春華！　どこだ！」

空気を震わす怒声と共に現れたのは榮覇だった。彼は跪いている春華を認め、たちまち表情を鬼のように険しくした。

「お前……こんなところにいやがったか。誰が勝手に離れていいって言った！」

榮覇はずかずかと部屋に押し入り、春華の腕を掴むと手荒く引き立たせた。

「榮覇様！　突然何をしてらっしゃるんですか！　あなたまさか……あちこちの部屋

で同じようなことをしたんじゃ……」

春華は血の気の失せた顔で部屋の外を見た。そこには榮覇を引き止めようと腐心していたらしい魁の女官たちが困り顔で集まっている。彼女たちの表情から、春華は成り行きを悟ったらしく絶望的な表情になった。

「え、榮覇様……他国の後宮になんて迷惑を……」

「ああ？　勝手にちょろついてるお前が悪いんじゃねーか。お前は俺の世話だけしてりゃいいんだよ」

「だから今あなたの尻拭いをしてるんじゃないですか！」

くわっと犬歯をむき出しにして春華は怒鳴る。

「うるせーな」

「うるせえって何ですか！　人がおとなしくしてたらいい気になって！　いいかげんにしないと怒りますよ!!」

「いや、お前もう怒ってんよ」

「お黙んなさい!!」

「うるっせーな」

榮覇はちっと舌打ちし、春華を引き寄せ半回転させると、背後から腕を回し口を覆う格好で羽交い締めにした。

もがく春華がようやく黙ると、榮覇はやれやれという感じで部屋の奥に視線を向け、そこに玲琳の姿を認めてにやっと笑った。

「あんたもいたのか。旦那との別れ話は終わったか？」

「「は？」」

と、同時に声を漏らしたのは玲琳と鍠牙である。

榮覇は楽しげな——あるいは馬鹿にするような笑みで二人を見やり、鍠牙に視線を定める。

「あんたが魁の国王楊鍠牙か？」

「ああ、王子殿下にはずいぶんと我が国を楽しんでいただいているようだな」

鍠牙は全力の仮面をかぶってにこやかに応じた。

「まあしょぼい田舎にもしょぼいなりの楽しさはあるな」

榮覇はにやにや笑いで挑発するように言う。腕の中の春華が真っ赤な顔でじたばた暴れる。たぶん怒鳴ろうとしているのだろう。

「こんな僻地の統治で満足してる気持ちは分かんねーけどな。斎の女帝も何であんたに妹を下賜した？」

笑みをひっこめ、本気で理解不能という顔で榮覇はまじまじと魁国王夫妻を眺めまわす。

「どう考えてももったいねえだろ。なあ、あんた……名前知らねーや、斎の皇女。あんたはこのちっぽけな国と釣り合ってないだろ。あんまりもったいないから、俺のものにしてやるって言ってんだよ。飛国に連れて帰ってやる」

からかうでも何でもなく、彼は至極真面目にそう言った。

玲琳と鍠牙は唖然として言葉を失った。

「言っとくが、斎の女帝の許しは得てるぞ。魁の姫より妹を気に入ったなら、妹をくれてやってもいいってな」

「お姉様がそんなことを？」

玲琳は信じられない思いで呟いた。彩蘭は魁に対して一定の敬意を払っている。彩蘭自身は鍠牙を嫌っていると玲琳は感じているが、だからといって玲琳を取り上げるようなことをするとは思えない。だが、目の前の榮覇が嘘を吐いているようにも見えなかった。嘘を吐く必要もないくらい、この男は魁という国を見下していた。

室内にしらじらとした沈黙が訪れたその時、とうとう春華が榮覇の脇腹を殴った。

「痛ってえ！」

榮覇は体を折って春華を離す。春華はそこで思い切り榮覇を突き飛ばし、すっころばせ、彼にのしかかる格好で腕を振り上げた。

「いい加減にしなさい！　悪い子！　悪い子！」

荒い息で怒鳴りながら、春華は榮覇の尻をぴしぱしと叩いた。

「馬っ鹿……やめろ！」

榮覇はわたわたと逃げながら立ち上がる。

「てめえ……人前で何しやがる」

「お黙んなさい！　その性根を叩きなおしてあげます。さあ、お尻を出して！」

「誰が出すか！　ばーか、ばーか」

ガキみたいなことを言って、榮覇は脱兎のごとく部屋から駆けだした。

「待ちなさい！」

春華は目をつり上げてその後を追いかける。

残された玲琳と鍠牙はぽかんとするしかなかった。

「……飛国というのは、ずいぶんおかしな国なのね」

玲琳はぽつりと呟く。

「いや、さすがに全員があんな風ではないだろ」

鍠牙がやや口元を引きつらせて返す。

「一国の王子とは思えないわ。常識というものを弁えていないのかしら」

「あなたに常識を説かれたら、いかに蒙昧な彼でも泣くだろうけどな」

「お前に馬鹿呼ばわりされたら、いかに無知で無恥な男でも恥じ入るでしょうね」

「……確かに……榮覇王子は愚かな方ですが……」

と、そこで突然口を挟んできたのは、ずっと黙って存在感を消していた乳母の華祥だった。娘と王子が行ってしまったので、一人ぽつんと置き去りにされている。そこだけ空気が淀んでいるかのように暗い。

「……ですが……面白い方です……」

誰とも目を合わせぬよう俯きながら華祥は言う。

「お前はあれが面白いの？」

玲琳が問いかけると、彼女はじわりじわり後ずさった。

「……面白いと思います……」

面白さを語っているとは思えぬ陰鬱な声。聞いているだけで気が滅入りそうな暗い調子で、ぼそぼそと説明を重ねる。

「……榮覇様の性格が歪んでしまったのは……子供の頃から何度も命を狙われてきたからだと思うのです……」

命を狙われてきたという言葉に、玲琳と鍠牙は一瞬目を見合わせる。

「……何度も何度も死にかけてきたので……ああいう方になってしまったのだと思います……」

「ふうん……お前、あの王子の性格が歪んでいるという意識はあるのね」

「……真っ直ぐではないと思います……」

「ふうん……」

玲琳は相槌を打って、さっきまで繰り広げられていた光景を思い返した。しばらく考えているうちふと視線を感じ、目をあげると傍らに立っている鍠牙が胡乱な目つきで玲琳を見下ろしていた。

「怒っているの？」

「誰に？　あの王子にか？　それとも斎の女帝にか？」

「両方に」

「くだらんな。あんな妄想が実現するほどこの世は馬鹿げていないだろうよ」

「私があの男に盗られてしまうことはないと、お前は思っているのね」

「あなたが自分であの王子を選ばない限りはな。彼が気になるか？」

探るような眼差しが降り注ぐ。玲琳は榮覇とのやり取りを頭の中で反芻した。

「……おかしな男だとは思うけれど、別段気になりはしないわね。私、あの男にはそんなに興味がないみたい」

唸りながら考えて答えると、鍠牙は険しい顔から一変、意外そうな顔になった。

「興味がないのか？　あれに？」

「ないわね。え……？　興味を持ってほしいの？」

「そういうわけじゃないが、あなたは彼に関心を持つと思った。なるほど……そうか、興味はないのか……」

後半はほとんど独白のようになりながら鍠牙は呟く。

「ないわよ。どちらかというとあの男より――」

「……あの……そろそろ私も……失礼します……」

部屋の隅で身を縮めていた華祥が、立ち上がってぼそりと言った。

「……お邪魔いたしました……」

消え入るような声で挨拶し、彼女は答えを聞かずに退室する。

「まったく、飛国の民には常識とか良識というものはないのかしら?」

玲琳は華祥の後ろ姿を見送って肩をすくめた。

「本当にな」

と、鍠牙はしかつめらしく同意した。

「よお、李玲琳! 俺の嫁になる覚悟は決まったか?」

翌朝、顔を合わせるなり榮覇は言った。

彼が逗留することになったのは後宮でも最も立派な客室で、彼はずっとそこに暮らしていかの如くくつろいでいた。

飛国は椅子の文化がないらしく、床に美しい織物を敷き詰めてふんわりした肘置きや枕を積み重ね、そこに寄りかかっている。

目の前には色取り取りの皿に盛られたたくさんの料理が並べられ、美味しそうな匂いが漂っていた。

「お断りするわ」

玲琳はそう言って敷布の一角に座った。

婚約者候補だった紗南はあれから寝込んでしまったらしく、結局当初の予定通り玲琳が彼らのもてなし役をすることになったのだ。

さてどうやってもてなしたものか……玲琳はそんなことを考えながら彼らの食事風景を眺める。

榮覇は指先で器用に食べ物を摑み、次々に口へと運んでいた。

「飛国では手で物を食べるのねえ」

玲琳は思わず感嘆の声を上げた。

「棒で飯を食う方が変だろうが」

榮覇はもぐもぐやりながら言い返す。

「なるほど……一理あるわね」

「そうだろ？　嫁に来いよ」

何の脈絡もなく言われ、玲琳は呆れを通り越し感心した。この男の精神力は強すぎやしないか。

「お断りするわ」

玲琳が肩をすくめて再び拒否すると、榮覇の隣に座って甲斐甲斐しく世話をしていた春華が彼の脇腹をどついた。

「そういうのやめなさいって、昨日散々言いましたよね？」

笑顔が怖い。

「一晩中説教され過ぎてもう忘れたわ」

榮覇はけけっと嘲笑った。春華の額に青筋が浮く。

「お前たちは仲がいいわねえ」

玲琳は何げなく言った。

「妬いてんのか？　安心しろよ。正室の座は空いてるからよ」

「ああ、その女官はお前の側室なの？」

正室という言い方から連想してぽんと手を叩くが、春華はたちまち目を剝いた。

「違います！」

「俺はこんな色気のねえ女に手え出したりしてねえぞ」

榮覇が汚れた手を雑に振りながら言い、春華はぎろりと彼を睨んだ。

やはり仲がいいなと玲琳は思った。

「だから安心して嫁に来い」

榮覇はそう言って大きな鶏肉の塊にかぶりつく。

やはりこの男の精神は頑強すぎるなと玲琳は思った。


それから三日間、榮覇は毎日顔を合わせるたび玲琳に求婚してきた。

逐一断るのも面倒だったが、断らなければより面倒なことになるのは分かりきっているので、玲琳は律義に全部断った。

「いくら求婚しても無駄だから、お前はもう国へ帰った方がいいわ」

三日後の昼下がり、毒草園で蟲たちの世話をしながら玲琳は言った。

押し掛けてきた榮覇は、蟲を嫌がって距離を取りながら玲琳を眺めている。

「強情だな、どうやったら俺の嫁になるんだ？」

「そうね……お前が楊鍠牙を超える男だったら嫁になってやってもいいわ」

玲琳は本気で言った。鍠牙を超える毒を持つ男なら、喜んで嫁になろう。

「なるほどね……そんなにあの男がお気に入りってことか。しょうがねえなあ……

「じゃあ、そろそろ飛国へ帰るとするか」

ため息まじりにそう呟き、榮覇は毒草園を後にした。

ようやく諦めてくれたかとほっとして、玲琳はその後のことに思いを巡らせた。

飛国の王子のもてなしが終わったら……その約束を玲琳はもちろん忘れていない。

にんまりと笑い、鼻歌を歌いながら蟲たちの世話を再開した。

そしてその日の夜——玲琳は自室で寝間着に着替え、いつも通り鍠牙の部屋で眠ろうと廊下を一人歩いていた。すると、突然開いた扉から伸びてきた腕に引っ張られ、あまり入ったことのない部屋へ引きずり込まれた。

暗く狭い部屋の中、小さな手燭の明かりだけが周囲を照らしている。

玲琳の腕を摑んでいるのは榮覇だった。

「あんたがここを通るって聞いてな、待ってた」

にやにや笑いながら榮覇は言った。

「何故?」

「あんたを攫おうと思って」

冗談というには自然すぎて、玲琳は相槌を打ちそびれる。

「あんたはこれから、俺と飛国に帰るんだ」

榮覇はにかっと笑って玲琳を引き寄せた。

「……帰るという言い方は変ね。私は飛国へ行ったことがないもの」

玲琳が真面目に答えると、榮覇はきょとんとし、けらけらと笑った。ひとしきり笑い、彼は突然真剣な顔になった。

「もしかしたらあんたは、俺の言ってることが冗談だと思ってんだろ？」

軽口を叩いているような口調だったが、手燭の明かりを反射するその瞳は鋭い。

「あのな、俺が言ったことは本気だぞ」

「お前の言ったこととは、どれのこと？」

「一つ残らず全部」

妙な強さのこもる声で榮覇は断言する。

「俺はあんたを嫁にして飛国へ連れて帰る」

人妻であるとか、外交的にどうだとか、色々考えるところはあるだろうが、玲琳はその中で最も理解できないことを聞いた。

「何故、私なの？」

玲琳は男に好かれた経験がほとんどない。求愛されたことも求婚されたこともない。自分が異性の恋情を喚起する女ではないと玲琳は知っている。だから彼が何故こんなにも求婚してくるのか、不可解で仕方がないのだった。

榮覇はじっと玲琳を見返し、わずかな思案を挟んで口を開いた。

「あんたが蠱師だから」

その短い答えに、玲琳の心臓は一度ドクンと音を立てた。

榮覇は玲琳の腕を摑む手に力を込め、壁に押し付け顔を寄せた。そこに甘い空気はなく、ピリピリと張り詰めた気配だけが横たわっていた。

「お前は私を恐れないね」

玲琳はぎりぎりときつく押さえ込まれた腕の痛みを感じながら呟いた。

玲琳が蠱師であることを知る者は、普通玲琳を恐れる。その身の内に巣くう蟲たちが自分に喰らいつくのではないかと恐れ、乱暴に触れることはない。

玲琳に手荒く触れるのは、それだけ追い込まれた者か、それほど怒っている者か、或(ある)いは底なしの変態か——この男はいずれであろうかと玲琳は彼を凝視する。

「別に怖かねえさ。激烈に気色悪いとは思うけどな」

唇をくっと歪めて榮覇は嘲笑した。

「だけどな、あんたがそういう気色悪い女だから、俺はあんたが欲しいんだ。あんたの美貌も高貴な血筋も全部どうでもいい。俺には何の価値もねえ。斎の皇女と婚約してたのも、斎の後ろ盾が欲しかったからだしな。だけどあんたはそれより上だ。俺が欲しいのはこの世の誰より強い女なんだよ。俺はあんたの強さが欲しい」

「……何のために？」

うずうずと自分の胸の内が蠢くのを感じながら玲琳は聞く。

「俺を守らせるために」

「何から？」

「俺をこの世の何より疎んじてる飛国の王妃から」

「ふうん……お前は飛国の王妃から嫌われているの」

「ああ、あの女は側室の産んだ俺が邪魔なのさ。俺を産んだ母親も、王妃に毒を盛られて死んだ。俺が生まれてすぐのことだ。生まれてからずっと、俺は王妃に命を狙われ続けてる。言っとくが、死んだ毒見役は一人や二人じゃ済まねえよ。だから俺は俺を守れる女が欲しいんだ。蠱師のあんたがどうしても欲しい」

そこで榮覇は玲琳を放した。

「俺と来いよ」

玲琳は血が止まるくらい押さえつけられていた腕を軽く振り、榮覇を見上げた。

「悪くない殺し文句ね」

玲琳は腕組みしてうっすら笑う。そしてそのまましばし思案した。

この男の今の話――自分の境遇――胸の内に渦巻く感情――それらをゆるゆるとかき混ぜて答えを出す。

「……賭けをしましょう」

「賭け？　どんな？」

「お前は何もしなくていいわ」

ひらりと手を振って榮覇を黙らせ、玲琳は一つ大きく息を吸った。

「葉歌！」

忠実なる女官の名を呼ぶ。彼女が近くにいる時なら、これですぐに現れる。葉歌は玲琳を守り、そして殺すために仕えている女官であり、遠くへ離れることはあまりない。だが――いくら待っても葉歌が姿を現すことはなかった。おそらく玲琳と鍠牙の閨を監視するべく、いつも通り天井裏にでも先回りしているのだろう。玲琳の声は彼女に届いていないようだ。

そういえば、最近あまり玲琳の傍にいないなとふと思う。玲琳が榮覇のもてなしをしている場に、葉歌は全く現れない。

これはどういうことだろうか……少しだけ、胸の中にざわつくものを感じながら、玲琳は薄く笑んでみせた。

「賭けはお前の勝ちね。いいわ、行きましょう」

「信じられない……どうしてこんなことに……」

夜の街をかっぽかっぽと馬が歩く。その背にまたがり呆然と呟いたのは榮覇の女官である春華だった。

春華を後ろから抱えるような格好で同じ馬に乗っている榮覇が、かっかっかと無責任な笑声を上げる。

「邪魔な奴らは置いてくるに限んだよ」

「その女は邪魔じゃないということね？」

隣に馬を並べて歩かせながら、玲琳が揶揄するように問うた。

「俺の世話する奴が必要だろが」

「ああもう……どうしよう……母上に何て言えばいいの……」

春華は顔を覆ってしまった。

玲琳と榮覇と春華は、王宮を抜け出して夜の街を歩いていた。三人で飛国へと向かう心づもりである。

無論魁の王宮とて城門の守りは固めてあるが、衛士全員が蠱師に眠らされてしまうなどということを想定しているはずもない。玲琳たちが外へ出るのはそう難しいことではなかった。

春華の名誉のために添えておくなら、彼女はこの計画に反対したのだが、榮覇は彼女を縛り上げて猿轡をし、誘拐よろしく連れ出してしまったのである。

そして今三人はここにいた。

「眠らせた衛士たちはすぐ見つかるでしょうから、この辺でのんびりしているとあっという間に捕まってしまうわよ。私は道も知らないし、案内はできないけれど……お前たち、道は分かるの？」

「まあだいたいは。隊列を置き去りにしても迷わずここまで来れたしな」

「それならすぐにここから離れましょう」

玲琳はそう言って馬を走らせる。

「ははっ！　逃亡劇みたいじゃねえか！」

榮覇は楽しげに笑い、玲琳に続いて馬を駆った。

玲琳はそんな彼をちらと振り返る。月明かりの中楽しげな榮覇の顔がくっきりと見えた。瞳の中に映るものさえ見えるような気がした。

母を殺され、生まれた時から命を狙われ続け、蠱師を嫁に望むほど追い詰められ、無茶な逃亡劇を演じている男だというのに、榮覇の瞳には暗いものがまるでなかった。

全身全霊でこの異常事態を満喫しているのだ。

彼よりもよほど内に何かを秘めているのは……

「榮覇様！　他国の妃を攫うなんて許されません！　今すぐ戻って！」

春華が疾走する馬上で懸命に訴える。

「斎の女帝の許しは得てるって言ってんだろーが！」

榮覇は風に負けぬ声で言い返す。

「怒りますよ!!」

「おめー、もう怒ってんよ」

無意味なやり取りを乗せて馬は走る。

時折休みつつ長いこと馬を駆り、三人は王都を抜けると広々とした田畑の広がる農村へとたどり着いた。

「ここで夜を明かすか」

馬を止めて村を見渡しながら榮覇が言う。

「そうね、ここまで追ってくるのは時間がかかるでしょうから、今のうちに休みましょう」

玲琳も同意して馬を下りた。

榮覇も下馬し、きょろきょろと辺りを見回し、一番近くにあった小屋に近づくと、何の予告もなくその戸を開いた。

「おい！　少し休ませろ！」

真夜中の闖入者（ちんにゅうしゃ）に、小屋の中で眠っていた村人は飛び起きた。

「ひっ……何だあんたたち」

大人が二人と子供が三人。五人家族が部屋の隅に身を寄せ合い、警戒心を棘のように生やしている。

そんな彼らに、栄覇は懐から出した金貨を数枚放り投げた。

「褒美はやるよ。黙って休ませろ。疲れてんだ」

村人たちは驚愕の表情で金貨と栄覇を見比べた。上質で派手な身なり。横柄な態度。金貨を石ころのように扱うこの男が相当身分の高い人物であることを、彼らはすぐさま察したらしい。たちまち態度を変えて、自分たちの寝台をこの闖入者たちに差し出すと、自分たちは厩へと移動した。無論のこと、金貨はしっかりと握りしめて。

「外で寝るよりゃましだろ」

一家が出て行くと、栄覇は硬く粗末な寝台にごろりと寝そべった。

小屋の奥には寝台が二つ。一つが夫婦のもので、もう一つが子供たちのものだろう。

玲琳は空いている方の寝台に腰かけて、大きく息をつく。

「夜が明けるまで休みましょうか」

「こんな汚ねえとこじゃ眠れないかもしれねーけどな」

「あの……私はどうしたら」

一人残された春華が途方に暮れて佇んでいる。

「お前はこっちでいいだろ」

榮覇は寝そべったまま手を伸ばし、春華の腕を摑んで自分の寝台に引きずり込んだ。

「ちょっ……何してるんですか榮覇様、もう子供じゃないんですよ！」

春華は目をとんがらせて文句を言うものの、嫌悪感を抱いている様子ではない。

「うっせー、さっさと寝ろ」

「こんな状態で眠れるわけないでしょ！」

「いーから寝ろ」

と、榮覇は春華の頭を抱きこんだ。

春華はもがもが言いながら手足をばたつかせているが、榮覇の腕は全く緩む様子がなかった。

「妬くなよ。あんたとは飛国に帰ったら一緒に寝てやるから」

春華を抱いたまま榮覇はからかうように言う。

春華が時々榮覇の腹を拳で殴ったが、彼は平然としていた。服の上からでは分かりづらいが、この男は存外体を鍛えていると見える。命を脅かされてきた半生がそうさせたのかもしれない。魁の王宮で春華に叩かれ痛そうにしていたのは振りだったということか。

「大丈夫よ、私とお前が同衾する日など来ないから」

玲琳は寝台に横たわりながら言った。

「私はお前の嫁にならないもの」

そう続けた途端、榮覇の目つきが鋭くなる。

「どういう意味だよ。あんたはここまでついてきただろうが。それとも何だ？ 俺を騙したってのか？」

「騙すも何も、お前に嫁ぐなどとは一言も言っていないはずよ。私はただ、飛国へ行くと言っただけ。お前が蠱師の私を求めたから、それに応えたのよ」

彼は玲琳が何をしようとしているのか理解できないのだろう、怪訝な顔で睨んでくる。玲琳は危うい笑みを浮かべて艶やかな唇を動かした。

「要するに、お前が王妃から命を狙われなくなればいいのでしょう？ それなら、再起不能になるまで王妃を痛めつけるか……これ以上悪さができないように骨の髄まで蠱師の恐怖を刻み込んであげるか……絶対に逆らえないような弱みを握るか……あるいは殺してしまえばいいのよ。そうすれば、お前は安らかに暮らせるわ」

くすぐるように囁きかける。

「お前は蠱師の私に何を望むの？ それに見合うものを差し出すなら、私はお前の依頼を受けるわよ。お前は何を望むの？ 王妃を殺してほしい？」

粗末な寝台に横たわってするにはあまりに不穏当な会話である。榮覇が答えを出すには時間がかかるかと玲琳は予測したが、不透明な沈黙をわずかに挟み、榮覇はすぐに言葉を返してきた。

「殺す必要はねぇよ。わざわざ傷つける必要もな。余計な事なんざしなくていい。俺は別に、王妃を痛めつけようと思ってあんたをここまで連れて来たわけじゃねえんだ。あんたはただ、俺の嫁になって俺をずっと守ってくれりゃあいいのさ」

彼の意外な冷静さに玲琳は驚く。もっと直情的に動いているかと思ったからだ。

「お前は、自分の命を狙ってくる相手が憎くはないの？」

「別に憎くはねぇよ。あの王妃も可哀想な女だしな」

「へえ……何か事情があるの？」

玲琳が問いを重ねると、榮覇は言うつもりのなかったことまで言ってしまったというような渋面で頭を掻いた。

「王妃はな、今でも親父にベタ惚れなんだよ。あんなうだつの上がらねぇ親父が好きで好きで仕方ねえのさ。だから旦那を盗った側室が憎くて、息子の俺も憎いんだよ」

けっと吐き捨てるように彼は言った。

「何より王妃が俺を憎んでるのはな、俺が国で一番尊い血を引いてるからだ」

そこで押さえ込まれていた春華がバシバシと榮覇の脇腹を叩いた。余計なことを言うなと合図している様子だったが、それを面白がって榮覇は更に続けた。

「俺の母親ってのはな、神官の血筋に生まれた巫女だったのさ。それが親父と出会って劇的な恋に落ちて、巫女の座を降りて側室に納まったたってわけだ。その時に親から縁を切られて、後ろ盾は何もなくなったって聞いたな。神に仕えるべき巫女がふしだらな……ってとこか。後ろ盾のない側室なんて後宮じゃ底辺だ。だけど、血だけを見るなら神官の血筋は最も神に近く、王家より尊いと言われてる。王妃にとってはそれが耐え難い苦痛で、憎んでも憎んでも飽き足らねえんだよ。可哀想な女だろ？」

　そこで今まで押さえ込まれていた春華がようやく拘束を抜け出した。

「榮覇様！　飛国王家の醜聞をべらべらと！」

「醜聞とか言ってんじゃねーよ。不敬だろうがよ。恋物語とか言えよ」

　怒鳴る春華に、榮覇は心にもなさそうなことを言う。

「俺はなあ、くだらねえ王室の権力争いなんざ興味ねえ。ただやりたいようにやってるだけだ。しょうもない逆恨みで攻撃してくるやつを相手にしたくねえんだよ。そのための盾が転がってたら、普通は装備するだろ」

　盾……つまりそれが蠱師の玲琳か。盾扱いされたのはさすがに初めてだ。

　それにしても、彼の性格ならやられた分だけやり返しそうなものだが、王妃を傷つけるつもりが一切ないというのが意外である。

「つまり、お前は私を盾にするため妻にしたいなどと言っているのね」

「ああ、飛国へ着くまでに落としてやるよ」

榮覇は楽しそうににやにやと笑った。

「榮覇様！　いいかげんにしてください！　失礼すぎます！」

「だからうるせえって。俺がこういう男だってことは、お前が一番知ってるだろが」

榮覇は軽口のように言いながら春華のおでこを指で弾いた。かなり良い音がして、春華は寝台に座り込み、おでこを押さえて体を震わせる。

「………知ってますよ。あなたが……何度も……何度も何度も何度も命を狙われたことを知ってますよ。それでも全然へこたれなくて、好き勝手に生きて、失礼なことばっかり言って、人を困らせて、周りに迷惑ばっかりかけて……いくら命を狙われても、一度だってやり返そうとしなかったことを知ってますよ」

声も少し震えていた。額を押さえて俯いていたから、どんな顔をしているかは分からなかった。

「……お前はやっぱうるせえよ」

榮覇は春華を引き倒して、ばふんと寝台に押し付けた。

「さっさと寝やがれ」

玲琳は寝台に頬杖をついて寝そべりながら、その光景を眺めていた。

それ以上言葉を発する者はおらず、晩秋の冷たい空気が満ちた小屋の中、三人は静かな夜に身を浸した。

りん……と小さく鈴が鳴った。

翌朝、玲琳は一番先に目を覚ました。

まだ薄暗い早朝だ。寝たのは深夜だったから、少しの間しか眠っていないが、疲れはある程度取れた気がする。寝ぼけ眼で見回すと、もう一つの寝台で寝ていた榮覇と春華も目を覚ました。

不思議なくらい同じ時間に起きたなと玲琳は何げなく思った。

ぼんやりとした頭の中、記憶の端に小さな鈴の音が残っているような気がした。どこかで鳴った音に三人とも起こされたのかもしれない。

そんなことを考えながら玲琳は寝台から降りた。

そこで小屋の戸が開き、恐る恐るといった様子で小屋の主が顔をのぞかせた。

「お目覚めですか？　朝飯……用意した方が？」

「ああ、腹が減ったな。不味（まず）い飯でもないよりゃましだ。用意しろ」

失礼なことを言いながら榮覇も寝台から降りる。のそのそと村人に近づいていったその時、りぃん……と、鈴の音が聞こえた。

榮覇を見ていた村人が、途端に表情を変えた。

「あ……えっ！　どうなすったんですか！　その目！」

「目？　……目がどうしたってんだ？」

訳が分からないという風に榮覇は顔を押さえる。

「どうかした？」

玲琳は彼に近づきその顔を見上げ——村人と同じく驚いた。

榮覇の目が……黒目の部分が……紅玉のごとく真っ赤に染まっているのだ。

りん……と、また鈴の音が。

そこでようやく、玲琳の警戒心は最大値まで跳ね上がった。

何か異常が起きている。自分が感知できない間に、取り返しのつかないことが起こっている。それをはっきりと感じた。

「何か悪いものにでも中ったんですか？　ちょっと見せてくだせえ」

と、人の好さそうな村人が榮覇に手を伸ばした。

「触んな」

と、榮覇はすげなく村人の手を叩き落とす。

その瞬間、りりりんっ……ひときわ強く鈴の音が聞こえた。

そしてその次の瞬間——村人は糸が切れた操り人形のように床へ崩れ落ちた。

「え……」

榮覇は呆然と村人を見下ろす。村人は泡を吹いて目から血を流していた。

「は……？　な…んだよ……なんだよこれ……」

榮覇は後ずさる。

「榮覇様！　流行り病かもしれません。離れた方が……」

突然のことに呆然としていた春華が寝台から降りながら言いかけたが、それを遮って玲琳は叫んだ。

「動かないで！　蠱術の可能性があるわ！　今験蠱法を試すから……」

しかしそこで、開いた入り口から子供たちがぴょこぴょこと入ってきた。

「あ！　お父ちゃん！　どうしたのお父ちゃん！」

「おまえ！　お父ちゃんになにかしたのか！」

「お父ちゃんになにしたんだ！」

三人の子供たちは父の異変にたちまち反応し、父の目の前に立っている榮覇に飛び掛かってきた。

「俺じゃねえよ！　来んな！」

榮覇は焦ったように怒鳴り、子供たちを手荒く振り払った。

そして鈴はまた鳴った。りりんりりんりりん……何度も何度も空気を刻んでゆくように。

榮覇に触れた子供たちは、ぱたぱたぱたぱたと木切れのように倒れてゆく。

「おい……いったいどうなってんだよ。何だってんだ！」

榮覇の額から幾筋もの汗が流れ落ちた。

「落ち着きなさい。験蠱法を試すからこっちへ来て」

玲琳は呆然と佇む榮覇の手を引いた。その瞬間――

りりりりりりりりりりりりりりりりん……鈴の音が嵐のように鳴り響き、玲琳は全身が粟立(あわだ)った。見えない刃で全身を切り刻まれたかのような感覚があり、膝の力が抜けて床に頽(くずお)れる。

やられた――何かに侵入された――それがはっきりと分かった。

験蠱法を試さずとも分かる。玲琳は今、蠱毒に冒された。彼の手に触れた瞬間、そこから毒を――産み付けられたのだ。

体内で何かが蠢き、凄まじい激痛が腹の底を焼く。意識が途切れかける。

「おい、嘘だろ、あんたまで……」

蒼白(そうはく)な顔で榮覇が見下ろしている。この男を放置しておいてはダメだ――何とかしなければと、切れかけた意識を必死に繋(つな)ぎ止(と)める。

「お前、これ以上誰にも触れてはダメよ！　これは蠱毒だわ。触れた相手が毒に冒されてしまう。誰にも触れないで！」

意識を失う寸前、玲琳は必死に叫んだ。

しかしそこが限界で、玲琳の視界は真っ黒に染まり、意識は闇へと落ちていった。


お妃様が王宮から姿を消した、という知らせは夜の間に魁の王宮中へ広まり、そこに仕える女官や臣下たちを驚愕させ——は、しなかった。

彼らが真っ先に思ったことは「またか！」であったし、いずれ無事に戻ってくるであろうことを疑う者などいなかった。

しかしそれでもいなくなったのは王妃であり、無論放置するわけにはいかず、捜索隊が結成された。そしてそこに王妃を寵愛する王が加わることを反対する者もいなかった。

国王陛下は何と心優しく寛大であることか……などと、皆は憐憫を纏わせて思ったのである。

捜索の手は四方八方へと伸ばされたが、飛国の王子が時を同じくしていなくなったことから、彼らは連れ立って飛国への道を歩んでいるのではと考えるのが自然であり、必然的にそちらの方へ多くの人員が割かれ、鍠牙もその中に加わった。

騎馬の捜索隊は空がまだ暗いうちに王宮を出発した。

彼らの顔に悲愴感はなく、秩序は保たれていたものの時折笑い声などを上げる者もおり、またそれを咎める声はない。焦りもないため馬の脚は緩やかで、近場から丹念に捜索がなされた。

そうして飛国へ続く街道を捜索する一行は、太陽がかなり高く昇った頃、とある農村にたどり着いた。

その村に入った途端、一行は異変に気づいて馬を止め緊張を漂わせた。とある小屋の前に村人たちが集まり、何やら騒いでいるのだ。一番前にいる女など、地面に頽れて泣きわめいている。

捜索隊の一行はそれを見て嫌な予感しかしなかった。あるいは良い予感であったかもしれないが――

彼らは一様に捜索隊の中心人物――楊鍠牙へ視線を向けた。目と目を見交わすだけで思いが通じ合った瞬間だったかもしれない。

鍠牙はすぐさま下馬し、騒いでいる村人たちの間に割って入った。

「何かあったか？　手を貸そう」

はっきりとした頼もしい声が秋天によく響いた。

村人たちはそれに気づいてはっと振り向き、物々しい騎馬の捜索隊を見て慄くような縋るような目をした。

「お助けください！　この中に……化け物がっ！」

化け物——この言葉を耳にした瞬間、捜索隊の表情が歓喜に輝いた。

「おお！　みんな、お妃様が見つかったぞ！」

「よかった、これで一安心だ」

全員が口々に歓声を上げた。化け物という言葉を王妃と結びつけるのはいかがなものか——などと口にする者は皆無である。

「我々が何とかしよう、通してくれるか」

鍠牙は優しく——かつ強く村人たちに話しかけ、小屋への道を空けさせた。そして閉ざされた小屋の戸に手をかけると、

「開けるんじゃねえ！　誰も入るな！」

戸がわずかに動いた気配を聞き取って、中から追い詰められたような怒声が上がった。その声は魁の王宮で散々自儘に振る舞ってくれた燭榮覇のものである。

鍠牙は束の間思案し、しかし結局その扉を蹴破った。

小屋の中に広がる惨状を目の当たりにして、さすがに鍠牙は立ち竦んだ。まさしく惨状であった。しかし、いったい何が起きているのか鍠牙には全く理解できなかった。

目の前に榮覇が座り込んでいる。そして、榮覇の周りに一人の男と三人の子供が倒れている。しかし、彼らはまともな人の形をしていなかった。全身の皮膚に太く赤黒

い血管が張り巡らされ、グネグネぼこぼこと脈打っている。頭髪は抜け落ち、奇妙な触角や角が生え、人ではない何かに変わろうとしているかのようだ。時折顎を上げ、気味の悪い唸り声を上げている。そしてそのたびに赤や黒の血を吐いた。

「あんた……入んなって言っただろうが！」

榮覇が身を震わせながら叫んだ。

「何があった。端的に説明しろ」

鍠牙は有無を言わせぬ口調で命じたが、榮覇はまともに思考ができていないのか、喚きながら床を叩いた。

「知らねえよ！　あの女が誰にも触るなって……俺のせいかよ！」

鍠牙を睨み上げる榮覇の瞳が深紅に染まっていることに、そこで気が付く。どう考えても人外のものが関わっているとしか言いようのない惨状だった。

「楊鍠牙陛下！　私が説明いたします」

そんな惨状の奥から歩み出てきたのは、榮覇の女官である春華だった。

真っ青な顔で震える両手を握り合わせ、駆け寄ってくる春華に榮覇はまた怒鳴る。

「近づくんじゃねえっつってんだろうが!!」

古びた小屋が崩れ落ちるのではないかと危ぶまれるほどの大音声に、春華はびくりと足を止めた。それでも下がることはなく、しっかと鍠牙を見据えた。

「栄覇様に触れたこの家の方々が突然お倒れになってしまい、少しすると体に異常が起き始めました。人間ではないものに変わっていくみたいに……。これは蠱毒だとお妃様がおっしゃいました。触れると毒に冒されるから、誰も栄覇様に触れるなと」

「妃はここにいるんだな？」

「はい、お妃様も栄覇様に触れてしまわれました。その途端、お妃様もお倒れになって、私が寝台へお運びしました」

春華は小屋の奥にある寝台を示した。そこに横たわっているのが己の妻であることを認め、鍠牙はすぐさま駆け寄った。

「姫！　無事か！」

よもやと思って体をくまなく確認するが、玲琳の体に異変が起きている箇所は見受けられない。どうやら彼女は被害を免れたようだと鍠牙は僅かに安堵し、玲琳を小屋から運び出そうと手をかける。すると玲琳の瞼がぴくぴく動き、喉の奥でかすかに呻きながらゆっくり目を開いた。

「姫！　目を覚ましたか」

鍠牙はようやくほっとして、玲琳を抱き起こした。玲琳はしばしぼんやりしていたが、次第に覚醒して鍠牙に焦点を合わせ、はっと大きく目を見開いた。

「鍠牙様！」

すがるように呼びかけられ、鍠牙はぽかんと固まった。

鍠牙……様？　それは誰だと頭が理解を拒む。

鍠牙が黙っていると、玲琳は見る見るうちに青ざめて震えだした。

「あ……私……私……なんてとんでもないことを……。勝手に王宮を出るなんて……ごめんなさい……どうか許してください」

震えながら鍠牙の胸元にすがり、許しを請う。

鍠牙はぞわっと背筋が冷たくなり、思わず玲琳から離れた。

「姫……気色の悪い冗談はやめてもらおうか」

「え、冗談……？　冗談とはどういう……。や、やっぱり……鍠牙様は私を怒っていらっしゃるのですね……ごめんなさい……ごめんなさい……」

玲琳はとうとう寝台に突っ伏して泣き出した。

鍠牙の理解はもはや世界の彼方へと追いやられ、訳が分からない混沌の渦に飲み込まれてしまったかのような心地がした。

「待て、ちょっと待て、本当に待ってくれ。何だ、何が起きているんだ!?」

叫んでみても、答えを返してくれるはずの妻はただ泣き伏しているばかりだった。

第二章

いったいどうして、自分はこんな恐ろしいことをしてしまったのだろう……

深い後悔に囚（とら）われながら、玲琳は日の当たる小屋の外へ出た。

そこには捜索隊と思しき人々がずらりと並んでいて、彼らの視線に刺された玲琳はその重圧に眩暈（めまい）がした。

「皆様……本当に申し訳ありませんでした」

深々と頭を下げ、顔を上げる。すると、彼らが一様にぽかんとしたのが分かった。

彼らは顔を見合わせ、ざわざわと話し合う。

「お、お妃様……いったいどうなさったのですか？」

不可解や警戒を通り越して恐怖の域に達した表情の彼らが、恐る恐る声をかける。

鍠牙も彼らもどうしてこんなに戸惑うのだろう？　ぐちゃぐちゃになってまとまらない頭で、玲琳は現状を把握しようと努めた。

そうだ……今までの自分があまりにもおかしかったからだ。

どうしてあんなに残酷で無慈悲でいられたのだろう。毒を愛で、蟲を愛で、多くの人を傷つけた。そんなことを平気で……いや、嬉々として行ってきたのだ。自分という人間は――！

今までの自分を顧みて、玲琳は恐怖と後悔に身の内を占領され、息もできぬほど胸が痛んだ。この瞬間も、玲琳の中には大量の蟲が潜んでいる。そう考えるだけで自分が汚らわしい生き物になったように思え、吐き気がした。

今までの自分はどうかしていた。悪い魔法が解け、頭の中が晴れ渡り、ようやく本当の自分になったのだ。玲琳は今、生まれて初めてまともな人間になったような気持ちがしていた。

「姫、患者をどうすればいい？」

後から出てきた鍠牙が聞いてくる。

玲琳は振り返り、毒に満たされた小屋を目の当たりにしてまた胸が痛んだ。

彼らを助けなければ……。そう思うけれど、毒に関わるのだと考えるだけでぞっとする。気持ち悪い……悍ましい……関わりたくない……。頭の中に蠱術の知識はあるが、そんなもの二度と使いたくない。人の命を背負う重圧になんか耐えられない。今すぐ目を背けてこの場から逃げてしまいたい……。こんなことに好き好んで関わっていた今までの自分の異常さを、心底恐ろしいと思った。

「……分かりません。私……私……いったいどうしたら……」

拳を固めて震える玲琳を見て、捜索隊の面々はざわめく。そんな風に注視されることも恐ろしく、玲琳は身を縮める。

「姫、落ち着いてくれ。あなたが直接対処する必要はない。俺が代わりにしよう。どうすればいいのか言ってくれ」

鍠牙が優しく言いながら、玲琳の肩にそっと手を置いた。その頼もしさに、玲琳はほうっと息をつく。自分がここから逃げ出したら、彼はがっかりするのだろうか……ふとそんな考えが頭をよぎり、玲琳は恐々と口を開いた。

「……榮覇様は、他者へ毒を感染させる類の蠱術に冒されているのだと思います。斎で、昔母が使っているのを見たことが……『羽化の術』……と、母は呼んでいました。触れれば感染し、精神と肉体を破壊されて最後は死に至ります」

言葉にすると恐怖心は更に増した。肩に置かれた鍠牙の手の頼もしさだけにすがって言葉を紡いだ。

説明を聞くと鍠牙は難しい顔になる。

「精神を破壊……なるほどな」

彼は何故かその部分に食いついた。

「私も……榮覇様に触れたとき感染しました。私は蠱師なので幸い何の影響も受けませんでしたが……榮覇様がこれ以上人に触れないよう、その……隔離を……しなければならないと……」

自分の言葉一つで事態が動いてしまうのかもしれないと思うと、言葉が喉の奥に張り付いて上手く出てこない。

鍠牙は不思議なものを見るような目で、玲琳をじっと見ている。

「なるほど、あなたは何の影響も受けていないと……。まあいい、すでに触れた患者はどうしたら？」

「……分かりません」

「解蠱できるか？」

「……分かりません」

「診察をしてみてくれるか？」

「っ……！　嫌！　怖い……！」

小屋の中に蠢く患者たちを思い出し、玲琳は悲鳴を上げた。あんなものに関わりたくない。近づきたくない。見たくもない！

「……分かった。彼らのことは王宮で保護し、救う手立てがないか考えてみよう。あなたが心配しなくても大丈夫だ」

鍠牙は優しく背を撫でて、笑いかけてくる。その笑みを見ると、玲琳は恐怖から解放されるような気持ちがした。この人が周りから慕われるのは当然だ。どうして自分はこの人に、愛を与えないなどという残酷なことをしていたのだろう。

思い返してみても、自分が何を思ってそうしていたのか、頭の中がぐちゃぐちゃでよく理解できないのだった。

いずれにせよ、この人に頼っていればいい。この人は立派な王で、玲琳を守ってくれるに違いないのだから……

鍠牙は小屋の中に向かって呼びかけた。

「榮覇殿、聞いての通りだ。誰にも触れぬよう、あなたを魁の王宮までお連れする」

「……俺は飛国へ帰る」

「ここからでは遠すぎる。飛国へ戻るまでに犠牲者が出ないとは限らん」

暗い小屋の中で榮覇は舌打ちし、重たい足取りで太陽の下へと出てきた。

「くそっ……確かに、犠牲になるなら僻地の蛮族の方がまだましか。お前ら……死にたくなけりゃ俺に生意気な態度をとるんじゃねえぞ」

高慢な物言いをしながらも、榮覇の顔色は悪かった。

「榮覇様、私もお供します」

女官の春華が彼に駆け寄ろうとするが、榮覇はじろりと彼女を睨み、近づくことを拒んだ。

「俺に触ったら殺すぞ」

明確な意思を込め、地鳴りのごとき低い声で彼は言った。その迫力に呑まれたか、春華はぴたりと動きを止める。

「……それでも、一人で国に帰るなんてできません。お供させてください」

怯えながらも、春華ははっきりと申し出た。それすらも拒むのではないかと思われたが、しかし榮覇は乱暴に頭を掻いて春華を睨んだ。

「……お前以外に誰が俺の世話をするんだよ」

「じゃあ、お供させてもらえますね？」

「うるせえ、黙ってついてこい。ああくそっ……何でこんなことに……」

そこで榮覇はがくんとつまずき、そのまま地面に倒れてしまう。

周りが慌てて声をかけるが、彼は応えることも起き上がることもなく――意識を失っていた。


倒れた榮覇を布で包んで馬に乗せて運び、王宮へ着く頃にはもう夜になっていた。

玲琳の帰還を真っ先に迎えてくれたのは女官の葉歌と側室の里里だった。

「お妃様！　いったいどこへ行ってたんですか！」

出し抜かれて置き去りにされた葉歌は目をつり上げて怒っている。

二人はすぐに玲琳を部屋へ連れていくと、汚れた衣服を着替えさせた。

「ごめんなさい……二人とも。心配をかけてしまいましたね」

玲琳は申し訳なさでいっぱいになりながら謝った。

途端、葉歌は未知のものと遭遇したかのように目をしばたたかせる。

「え……からかってます？」

「え？　……いえ、からかってなどいません」

玲琳はとんでもないという風に首を振った。

「迷惑をかけてしまって、本当に申し訳ないと思っているのです」

「え、やだ……変なものでも食べました？　そんな丁寧な言葉、お妃様は使わないじゃないですか」

葉歌は気味が悪そうに自分の体を抱いている。

確かに玲琳が丁寧な言葉を使う相手は極端に限られている。この世で最も愛する姉に対してすら使わない。玲琳が敬意を表するのは蠱術の師であった母に対してだけで、他の人に使ったことはなかった。自分は何と横柄だったのだろう。

「今までの自分を恥じたのです。今の私が本当の私です」

玲琳は胸を押さえてはっきりと言った。

そこで黙っていた里里が口を開いた。

「お妃様、私に命令もなくいなくなられては困ります。どうかご命令を」

いつもの無感情で求められ、玲琳は青ざめた。本当に自分の無慈悲が信じられない。

「ごめんなさい、私は今まであなたに何て酷いことを……これからは命令などしません。どうか自由に生きてください」

その途端、里里は人形のように固まった。そうしてしばし立ち尽くしたかと思うと、ふらふらと幽鬼のように部屋から出ていった。

いったいどうしたのだろうかと玲琳が不思議に思っていると、彼女と入れ違いに鍠牙が部屋の外に現れた。

「鍠牙様！　どうなさったのですか？　お入りになってください」

玲琳はすぐさま鍠牙を招き入れようとするが、彼はかすかに眉を顰めただけで足を踏み入れようとしない。

「鍠牙様？」

「俺はここに入っていいのか？」

鍠牙は腕組みして軽く首を傾けた。玲琳ははたと思い出す。この部屋に彼が入ることを禁じたのは、他ならぬ玲琳自身である。そう思い至り、血の気が失せた。

「ご、ごめんなさい……鍠牙様。私はあなたに何て酷いことを……。どうかお入りになってください」

玲琳は己の薄情さを悔いながら再度入室を勧めた。自分はこの人の妻で、この人を決して拒みはしない。そんな想いを込めて――

それでも鍠牙はしばらくのあいだ無言で玲琳を見つめていたが、言葉が撤回されることはないと分かり、ゆっくりと一歩足を前に出した。

久方ぶりに鍠牙がこの部屋へ入る姿を目の当たりにし、葉歌が感嘆の吐息を漏らす。

「榮覇殿は後宮の一室に隔離させてもらった。被害者の村人たちは別の場所で看病している」

入るなり、鍠牙は説明を始めた。

「俺にも、一緒にいた女官にも、被害に遭った村人たちにも、何が起きてるのか全く理解できていない。この事態を紐解ける者がいるとしたら、それはあなた以外にいないだろう」

そう続けられ、玲琳の胃はぎゅうっと絞られるように痛んだ。思わず腹に拳を当て、彼の視線を避けるように俯いた。

彼の言いたいことは容易に察しがついた。蠱師として、この事態を解決してほしいと彼は望んでいるのだ。

榮覇は飛国の王子で、魁の王女の夫になるかもしれない相手だ。彼に起こった異変を放っておくことなどできるはずがない。魁の国内で他国の王子に何かあれば、それは魁の責任になってしまうのだから。

蠱師として、この国の王妃として、玲琳はこの事態を解決しなくてはならない。

しかし——それを想像すると酷い嫌悪感が胸を塞いだ。

悍ましい蟲たちの姿が脳裏に浮かび、全身が粟立つ。

どうして蠱師などに生まれてしまったのだろう……そんな思いが頭を占めた。

玲琳は顔を上げることができず、無言で俯いている。

すると突然、開いたままになっていた扉から人が駆けこんできた。

「お妃様、お話がございます。私たちをお助けください！」

入るなり床にひれ伏したのは、榮覇の女官である春華と、その母親の華祥だった。

「どうか榮覇様をお助けください。お妃様以外に頼る相手はおりません。どうか……どうか……！」

床に頭をこすりつけ、全身を震わせながら春華は懇願する。

娘の後ろで華祥も同じく頭を下げている。

重い期待をぶつけられ、玲琳は慄いた。

「そんな……無理です。私にはできません」

「お妃様は蠱師でいらっしゃるのですよね!? 榮覇様が蠱毒に冒されていると一目で

看破なさいました」

　玲琳の言葉を遮る勢いで春華は顔を上げた。

「お妃様が優秀な蠱師であることは分かります。飛国にも蠱師はおりますから。榮覇様はそういう術者に何度も命を狙われているんです。この度のことも、きっといつもの刺客が……」

　その言葉に玲琳はぞっとした。見知らぬ異国の蠱師が敵として立ちはだかっていると想像しただけで身が竦んだ。

「……一つ聞いてもいいですか……？　榮覇様は……このまま放っておいたらどうなりますか……？　年老いて命尽きるまで……触れた相手を化け物にし続けていくのですか……？」

　異常なほどの暗い声で聞いたのは、黙っていた華祥だ。母のその言葉を明確に想像してしまったのか、春華の愛らしい顔が無残にひきつる。

「母上！　何て恐ろしいことを！　歳を取ってもずっとあのままなんて……！」

「……着替えのお手伝いができませんね……」

「は!?　着替えなんかどうでもいいじゃないですか！」

「……ですが……榮覇様は一人で着替えることができませんし……」

　変わらぬ陰気さでとぼけたことを言う。

「問題はそこじゃありません！　歳を取っても治らないということです！」

「……おそらくそうはならないと思います」

玲琳は榮覇の毒を身に受けて昏倒した時の感覚を思い返し、思わず答えていた。

「え!?　どういうことですか？　自然に解毒されるんですか？」

春華が驚きと期待を込めて、跪いたまま前のめりになる。

玲琳は、変に期待を持たせる返答をしたことに後悔しながら首を振った。

「いいえ……榮覇様を蝕むのは『羽化の術』……榮覇様はその術の宿主になってしまったのです。自然に解蠱されることはありません」

「うかのじゅつ……？　それはいったいどんな術なんですか？」

「……『羽化の術』は……繁殖と捕食と羽化を繰り返して強力な蠱を生み出す危険な蠱術……榮覇様の体内には今、恐ろしい蠱が巣くっています。その蠱は宿主が人に触れることで、他人に毒の卵を産み付けてゆくのです。産み付けられた卵は孵化して、その幼蠱は患者の精神や肉体を毒で溶かし……壊し……それを贄としてすすり、成長します。贄となった者の命が尽きると、幼蠱は宿主のもとへ戻り……今度は自らが親蠱に喰われるのです。数多の命をすすった幼蠱を喰らった親蠱は、最後に羽化して強力な蠱になります。これは宿主を蠱術の壺に見立てた術……多くの人間を贄として強力な蠱を生み出してゆく悍ましい術なのです」

説明しながら玲琳は足が震えた。

「……宿主はどうなるんですか？　羽化の後、宿主は助かるんですか？」

春華が真剣な顔で聞いてくる。玲琳はごくりと唾を呑み込み、ゆっくりと首を横に振った。

「……いいえ、宿主も羽化の時に命を落とします。宿主もまた……贄なのです」

途端、春華の表情は氷の彫刻と化し、瞬きすらしなくなった。放っておけば溶けて水になり、やがて消えてしまうのではないか……そんな冷たさと危うさを感じ、玲琳はまた後悔した。

春華はゆっくりと、溶けるように唇を動かした。

「……榮覇様もいずれ死んでしまうということですか？」

玲琳は答えられなかった。己の言葉が彼女の心を痛めつけてしまうことを恐れ、声は喉の奥で固まった。

その沈黙を、春華は肯定と受け取ったのだろう。呆然とした表情で、言葉を失ってしまった。

沈黙の重みに耐えきれず、玲琳は必死に唇を動かした。

「これは本当に危険な術なのです。どうかこれ以上の被害者が出ないよう、誰も榮覇様に近づけないようにしてください。私は幸い幼蟲の影響を受けていませんが、普通の人であれば卵を産みつけられて贄となってしまえば助かりません」

そこで、黙っていた鍠牙がふと口を開いた。

「姫……あなたはもしかして、自分はこの蠱毒の影響を受けていない——と、本気で思っているのか？」

玲琳は振り返り、意味が分からず怪訝な顔になる。

「どういう意味でしょう？ 私は毒の影響など受けていませんが……」

昏倒させられはしたが、何の後遺症もなく目を覚ました。元通りの自分——いや、前よりずっとまともな自分だ。毒の影響など何一つありはしない。玲琳に産みつけられた卵は孵化していないのだ。

それなのになぜ鍠牙は、おかしなものを見るような目で玲琳を見下ろしているのだろう？ 彼の目を見ていると、不安になってきた。

「……他の人のことなんてどうでも……どっちにしても、羽化すれば榮覇様は死ぬんですよね」

春華は暗い声で聞いてきた。玲琳はぐっと言葉に詰まる。その通りだ。被害者の多寡など春華にとって何の救いにもならない。

「……はい、榮覇様が宿主である限りは……」

「でも、まだ羽化していませんよね？ まだ榮覇様を救う猶予はあるんですよね？

それなら改めてお願いいたします。どうか榮覇様をお救いください。あの方を虫の餌になんてさせないで……！」

呆然と座り込んでいた春華が、覚悟を決めたように再びひれ伏した。

「あの人は身勝手で迷惑な方ですが、何の罪も犯してはいません。榮覇様が死んでいい理由なんか、一つだってないはずなんです！　あの人を助けてください！」

強烈な感情をぶつけられ、玲琳は怯む。自分の置かれた状況の責任の重さに息が詰まる。

「……できません」

玲琳はからからに渇いた喉をこすれさせて答えた。

「どうして!!」

顔を上げた春華の声はもはや怒声であった。彼女は立ち上がり、玲琳に詰め寄る。

「いったいどうなさったんですか！　昨日までのお妃様は榮覇様の味方だったじゃありませんか！　無茶を通し、この王宮から抜け出したじゃありませんか！　なのにどうして今になって、私たちを見捨てるんですか！」

言葉一つ一つに殴られているような痛みを感じながら、玲琳は春華の言葉を受け止めた。

「私は……けれど……もう蠱術を使いたくないのです」

　どうか分かってほしい……玲琳は必死に訴えた。

「これは魔性の術です。人が扱っていいようなものではありません。私はもう、二度とこの呪われた術を使いたくないのです。榮覇様をお救いするということは、蠱術を使うということ。私にはもうできません。許してください……」

　胸の前で両の手を握り合わせて懇願する。春華は裏切り者を見るような目で玲琳を見据え、声もなく泣き出してしまった。その涙に耐えられず、玲琳は俯いてしまう。

　その時、遠くから人が騒ぐ声が聞こえてきた。声はどんどん大きくなり、部屋の入り口から飛び込んできた女官が助けを求めて叫んだ。

「大変です！　意識を取り戻した榮覇王子殿下が部屋を出て、暴れ回っておられます！　王子殿下を止めてください、お妃様！」

　呼ばれた玲琳はひっと呻いた。どうしてみんな自分にこんな恐ろしいことをさせようとするのか……玲琳は耐えられなくなって拒むように首を振った。

「榮覇様！」

　春華が蒼白になって叫び、部屋を出て行こうとするのを鍠牙が止めた。

「女官殿、少し待て。姫、あれは布ごしなら触ってもうつらないと言ったな？」

「は、はい……直接触れなければ……」

　現にそうやって榮覇を王宮まで運んだのだ。

玲琳が答えるなり、鍠牙は寝台から布団をはぎ取って部屋を出た。

玲琳と春華はぎょっとして後を追う。女官や衛士が騒ぐ廊下の向こうに、険しい顔で歩き回る榮覇がいた。

「春華！　お前、俺に黙ってどこ行ってた！」

榮覇は春華に気づくなり怒鳴った。彼は近づいてくると、春華の涙を見て顔色を変える。

「……何された」

「な、何もされてません！　榮覇様、部屋に戻って！」

「……おい、蠱師の王妃。俺を今すぐ治せ」

榮覇は据わった目でそんなことを言いだした。

「……できません」

玲琳は冷や汗をかきながら答える。

「だったらこんな国にいる意味はねえよ。飛国に帰る」

「お待ちください、榮覇様。これ以上人に毒をうつしたら……！」

必死に彼を引き止めようとするが――

「じゃあ俺を治せよ！」

榮覇はまた玲琳に怒鳴り、近づいてこようとする。玲琳が慄いて後ずさりすると、鍠牙が前に立ちはだかった。鍠牙は手に持っていた布団を広げ、怪訝な顔をした榮覇にばさりと被せた。視界を奪われ暴れる榮覇をそのまま布団ですっぽり包み、ひょいと抱き上げたのである。

周りで見ていた者たちは、全員呆気にとられた。布越しなら触れても大丈夫だと分かっていたからといって、平気でそれを実行できる者は稀だ。誤って触れてしまえば、たちまち自分が毒に冒されてしまうのだから。

しかし鍠牙は特に怯えることもなく、平然と榮覇を抱いて歩き出した。

「部屋に戻ってもらうぞ、榮覇殿」

言われた榮覇は布団の中で暴れたが、鍠牙は彼を落とすことなく横抱きの格好で廊下を進み、彼を隔離していた部屋まで運んだ。

床に下ろされて布団を剝がれた榮覇は、荒い息をしながら鍠牙を睨んだ。

「何しやがる！」

「手荒くしてすまないな」

「……てめえ……死にたいのかよ」

「いいや。だが、これ以上被害を広げられると困る」

鍠牙ははっきりと告げた。

「榮覇殿、あなたの命を守るよう、我々は全力を尽くそう。手段が見つかるまでどうかここでおとなしく待っていてほしい」

榮覇はそれ以上何も言えなくなった。鍠牙は彼を部屋に隔離し終えると、外で待っていた玲琳へ向き直る。

彼の視線を受け、玲琳は身震いした。反射的に俯く。

すると鍠牙は、玲琳の目の前にしゃがみこんだ。まともに目が合い、玲琳は彼の眼差しに射すくめられてしまう。

榮覇は飛国の王子だ。死なせるわけにはいかない。どうやってでも助けなければならない。それは分かる。そして、それができるのは玲琳しかいないのだ。それも分かる。だけど罪深い魔性の術を使うのが、怖くて怖くて仕方がないのだ。

どうして自分だけがこんな目に遭わなければならないのだろう……お願いだから許してほしい……こんな責任を負わせないでほしい……好きで蠱師なんかに生まれたわけではないのに……！

けれど願ったところで無駄なことは分かっていた。蠱師は玲琳しかいないのだから、鍠牙は蠱術を使って榮覇を救えと言うに決まっている。

玲琳は恐怖のあまり耳を塞ぎたくなった。

しかし鍠牙はそんな玲琳を見上げ、想像もしていなかったことを言いだした。

「姫……俺はあなたが大事だ。この世の他の誰よりも、何よりもだ。だからあなたがこのことにもう関わりたくないと思うなら、何もしなくていい」

優しく告げられ、玲琳は呆然とした。聞き違いかと疑うけれど、彼の真っ直ぐな瞳はその言葉が幻聴ではないことを表していた。

何もしなくていい……？　この恐ろしい力をもう二度と使わなくていい……？

「……本当にいいのですか？」

「ああ、構わない」

鍠牙は力強く断言した。玲琳はあまりの驚きに鼓動が速まり、くらくらした。抱きしめられているような安堵に全身が包まれ、恐怖心が溶けてゆく。うっとりと鍠牙を見つめた。

「ありがとうございます、鍠牙様」

玲琳は心からの感謝を告げた。もう大丈夫だ……この人に守られていれば何も怖いことはない。

しかし安堵に包まれる玲琳と対照的に、傍らにいた春華が絶望に表情を歪めた。玲琳はその顔をまともに見ることができなかった。


それから丸二日、玲琳は穏やかに自室で過ごした。体が酷く疲れていて、そのほとんどは眠っていた。

　自分が王宮を勝手に抜け出すような無茶をしたなんて信じられない。もう二度と、あんな愚かな真似はしないでおこう。そうすれば、怖い思いをすることはないのだ。そういえばあの日以来、里里は玲琳の前に全く姿を見せなくなった。きっと玲琳から解放されて、自由に過ごしているのだろう。

　そう思い、身を守るように寝台へもぐりこんで眠り続けた。

　夜も自室で眠るのは久しぶりで、鍠牙のことが案じられたが、彼はもう母親の呪縛から解放されている。きっと安らかな眠りを得ているはずだ。自分たちにはもう何の問題もなく、あとはただ幸福に時を過ごしてゆくことができる。

　そう思うと、現在も苦しんでいるであろう榮覇のことが気にかかった。

　蠱術を二度と使いたくないと思う自分が、榮覇を救うことはできない。けれど、人として見舞いにくらい行っておくべきではないか。

　丸二日悩んだ結果、罪悪感をかき消すようにそう決意し、玲琳は榮覇を隔離している部屋へ見舞いに行くことにした。

　そこは以前、鍠牙の妹の累姫が治療のため寝起きしていた部屋だ。

　入り口の前には衛士が立ちはだかり、何者も通さぬと言わんばかりである。その姿を見て玲琳は怖気づいたが、引き返すこともできずしばし廊下で立ち尽くした。すると、そんな玲琳に気づいた衛士が、険しい表情をわずかに明るくして姿勢を正した。

「お妃様！　王子殿下の治療に来てくださったんですか？」

期待を寄せて話しかけてくる。玲琳はいたたまれなくなって目を逸らした。

「いえ、あの……ただ、お見舞いに来ただけなのです」

衛士は玲琳の態度を不審がるように首を捻った。玲琳は益々居心地が悪くなり、逃げ出したい気持ちになった。

進むことも引くこともできぬまま佇んでいると、突然部屋の中で激しい物音がして、玲琳は飛び上がるほど驚いた。

「いつまでこんなとこに閉じ込めとくつもりだ！　蠱師を連れて来いよ！　さっさと解毒させろ！」

部屋の中から榮覇の怒声が聞こえてくる。

衛士は振り返って渋面になり、部屋の戸を開いた。

「王子殿下！　ご安心ください。蠱師のお妃様がおいでです」

蠱術を使いたくないという玲琳の思いを知らぬ衛士は、励ますようにそう告げる。

玲琳はぎょっとして踵を返そうとしたが、期待に満ちた衛士の眼差しを受けて足はその場に張り付いた。

衛士の言葉を聞いて、室内から女官の春華が飛び出してくる。彼女は三日前に会った時と比べるとずいぶん顔色が悪く、目の下にはくまがあった。雅（みやび）に結われていた髪も、今は余裕がないらしくばさばさのまま一つにくくられている。愛らしい顔にはもはや面影がなく、疑るような目で玲琳を睨んだ。

「榮覇様を助けてくれる気になったんですか？」

「いえ……その……」

彼女の圧におされて玲琳は言い淀（よど）む。春華は有無を言わせず玲琳の腕を摑み、部屋の中へと引きずり込んだ。

恐る恐る室内を見回すと、部屋の奥の壁際に榮覇が片膝を立てて座り込んでいる。

彼の前には割れた茶器が散らばっており、乳母の華祥が黙々とそれを片付けていた。

榮覇はその場から動くことなく、ぎらぎらとした目で玲琳を睨み上げた。

「やっと来たかよ……蠱師の王妃。俺を治療する気になったか？」

力を圧縮したような声で彼は静かに問う。

玲琳は思わず自分を守るように体の前で両手を握り締め、首を横に振った。

それを見て、榮覇は思いきり舌打ちする。その音にも玲琳はびくりとする。

「あんたの旦那が二日前ここに来た。あの野郎……あんたが嫌がる限り、あんたには何もさせないつもりだと言いやがった」

「……………ごめんなさい」

「ごめんで済む問題じゃねえよな。俺が毒に冒されたのはこの国の領土内だ。あんたらにも責任の一端はあるんじゃねえか？　どうして治療を嫌がる」

強烈な怒りに無理やり蓋をして、どうにか平静を装っているのだと分かる張り詰めた声だった。玲琳は彼の顔を見ることができず、ただ俯くしかなかった。見舞いに来たことをすでに後悔していた。

「毒のせいであんたの頭がおかしくなったってのは、ほんとらしいな」

榮覇はまた舌打ちする。玲琳は弾かれたように顔を上げた。

「……何のお話でしょう？」

玲琳の頭がおかしくなった？　変な冗談だ。玲琳の精神はこの上なく正常で、誰に恥じることもないほどまともなのに。

「自覚がねえってのは性質（たち）が悪いな」

榮覇は苛立（いらだ）たしげにがりがりと頭を掻く。

「まあどーでもいいさ。あんたの頭がおかしかろうとどうだろうと俺には関係ねえよ。何でもいいから治療しろ。これ以上嫌がるってんなら……あんたの旦那を殺すぞ」

「榮覇様！」

主の不穏当な発言を、春華が鋭く叱責する。しかし榮覇は止まらなかった。

「今の俺は触った奴を全員殺せんだろ？　あんたの旦那を殺してやるよ。それが嫌なら今すぐ俺を治療しろ」

　突然脅され、玲琳は困惑した。鼓動が速まる。どう対処すればいいのか正解が分からない。彼が本気で言っているのか、ただの脅しなのか、それすらも分からず緊張で視界が狭まる。

「……本当に誰でも贄になってしまうのか……確かめてみなければ分かりません。鍠牙様に触れても、卵は産みつけられないかも……」

　かろうじてそう反論した。榮覇の発言が危険なものであることだけは分かる。なんとか思い留まらせなければならないということも。しかし榮覇は淡々と玲琳の言葉を打ち消してきた。

「もう確かめた」

「……え？」

「もう確かめたっつってんだよ。俺の蠱毒は人にうつる。触った奴に感染する」

「確かめたって……どうやって……」

　確かめる方法などたった一つではないか。呆然と呟く玲琳に、榮覇は皮肉っぽい笑みを浮かべてみせた。

「俺の症状を確かめるために実験が必要だっつってな、あんたの旦那が人を連れて来た。四人程な。全員死刑囚だから触っていいと言いやがった。あの野郎……どうかしてやがる」

唇を笑みの形に歪めたまま、自分の髪をぐしゃりと握りしめる。

玲琳の心臓は握りつぶされたみたいに痛んだ。

鍠牙がそんな恐ろしいことを……？　とても信じられない。それが本当なら、そのぶん卵が産みつけられて、被害者が増えてしまったということだ。

玲琳は極寒の地に放り出されたかの如く震えた。自分が幸福を貪っている間、すぐ近くでこんな恐ろしいことが行われていたなんて……

「いいか、俺の蠱毒は人に感染する。このままここに閉じ込められ続けるくらいなら、俺はあんたの旦那を殺す。それが嫌なら今すぐ俺を治療しろ」

榮覇はさっきと同じことをもう一度要請してきた。しかし今度の言葉には、さっき以上の重みと苦みが込められているように感じる。

玲琳は泥で塞がれたような胸を強く押さえ、かすれる声で言った。

「……一晩……考えさせてください」

そうして玲琳はその部屋から逃げ出した。

玲琳がいなくなった部屋で、榮覇はばたりと床に寝そべった。

「榮覇様、寝るなら寝台で寝てください」

春華が咎めながら近づいてくる。

「あんま近づくんじゃねえよ」

榮覇は鋭く言い返す。しかし春華は怯むことなく榮覇の傍に膝をついた。

「別に私はあなたを怖いと思いませんもの」

寝そべる榮覇の傍らで、春華は膝の上に置いた拳をぐっと固める。

「それよりも、あの人の方がよほど恐ろしいです。あの人は……楊鍠牙様は人じゃない。あなたに酷いことをしたあの方を、私は絶対許せません」

「別に大したことじゃねえよ。奴の嫁を貰(もら)っていこうってんだ。少しくらいは大目に見てやるよ」

「まだ諦めてないんですか？」

春華は瞠目した。

「諦めるかよ。あの女が俺を救えるくらいすげえ蠱師なら、絶対にほしい。どんなことしてでも連れて帰る」

「榮覇様……でしたらもう少し優しく接した方がよろしいかと思いますよ。あなたはいつも女性の扱いが雑すぎます」

「この状況でも小言かよ。お前、一緒の部屋にいなくていいぞ」

「……私の話聞いてました？」

　春華は榮覇をじろりと睨んだ。

「いや、お前が相変わらずうるせーから」

「……怒りますよ？」

「もー怒ってんよ」

　いつもの軽口を叩き、鼻で笑う。そんな榮覇をじっと見つめ、春華は首をかしげる。

「もしかして、私が傍にいない方がいいですか？」

「お前がいなかったら誰が俺の世話すんだよ」

「母上がいます」

「あいつにそんなことやれって言ったら怒られるわ。華祥は厳しいからよ」

　嫌そうに言う榮覇に、春華は疲れた顔で少し笑った。

「だったら私で我慢してください」

「仕方ねえなあ……俺から離れんなよ」

「離れませんよ」

「ぜってー俺に触んなよ」

「……傍にいますよ」

　背筋を伸ばして春華はそう宣言する。榮覇はそれ以上何も言わず、寝そべったまま天井を見上げた。そして急にごろごろと床を転げまわり、またばったり倒れて動かなくなる。

「何ですかいきなり」

春華が心配そうに聞くが、榮覇はふくれっ面で黙っていた。


どこへ逃げたらいいのか分からない。

玲琳は後宮の中を当てもなく彷徨(さまよ)い、気づくと庭園の一角にある離れを訪れていた。

そこには鍠牙の母である夕蓮が幽閉されている。

いつもの通り窓の外から声をかけると、美しい女が顔をのぞかせた。

「夕蓮様……私……どうしたらいいのでしょうか……他に相談できる人がいないのです。私を助けてください……！」

玲琳は泣きそうになりながらすがった。そんな玲琳を見て、夕蓮はくすくすと笑いだした。

「あなたの女官が教えてくれたことは本当だったのねえ。玲琳ったら、悪い人に負けちゃったのね？」

「おかしなことを言わないでください！　私、本当に困っているのです！」

思わず声を荒らげてしまう。

「ふふ、ごめんね。私に何を相談したいの？」

優しく聞かれ、強張（こわば）った玲琳の心は解けた。

「鍠牙様が……」

玲琳は榮覇から聞いたことを夕蓮に告げた。

あんなにも優しく思いやりのある鍠牙が、人を実験台にしたということを。

鍠牙の母である夕蓮ならば、何か答えてくれるのではないか……玲琳の心を納得させてくれるのではないか……そんな希望にすがって話し終えた玲琳に、夕蓮は小首をかしげてみせた。

「それで？　それがどうしたの？」

玲琳は言葉を失った。夕蓮はまたくすくすと笑う。

「おかしな玲琳。鍠牙が壊れてることなんて、あなたが一番知ってるでしょ？」

「そ、そんな……だって、夕蓮様の毒はもう、解蠱されました」

鍠牙が思い煩うことなど何一つないのだ。彼はもう、毒の化生なんかじゃない。心優しく健やかな、玲琳の夫だ。

動揺する玲琳に、夕蓮はまた笑う。鈴を転がすような笑い声が耳に纏わりつく。

「おばかさんねえ、玲琳ってば。解毒されたくらいで、あの子がまともになるなんて思ってるの？　そんなことで、あの子が救われるわけないでしょ？　だって私、そういう風にあの子を可愛がったんだもの」

夕蓮は得意げにそう言ってのけた。玲琳には彼女が何を言っているのか分からない。母親の彼女がこんな酷いことを言うなんて、思ってもみなかった。

それでもなお美しく笑っている夕蓮に、玲琳はぞっとした。これ以上ここにいたくないと痛切に思い、もうそれ以上何も言うことができず……聞くこともできず……とうとうそこからも逃げ出した。背後から、夕蓮の美しい笑い声がいつまでも追いかけてきた。

逃げて逃げて、結局玲琳は重苦しい気持ちのまま鍠牙の部屋を訪ねた。彼はまだ仕事から戻っておらず、玲琳は落ち着かない気持ちで夫の帰りを待ち続けた。

ようやく鍠牙が帰ってきたのは、夕食時のことだった。

警戒心の強い鍠牙が自室で玲琳と食事をするのは、嫁いでからずっと続く習慣で、基本的に彼は食事中の無防備な姿を人に晒(さら)すことを嫌う。

玲琳はここ数日自分の部屋に閉じこもっていたので、鍠牙と食事をするのは久しぶりのことだった。しかし頭の中が別の重要なことで占められていたせいで、せっかくの料理は味も分からずただ飲み込まれてゆくばかりだ。

「……お聞きしたいことがあるのです」

玲琳は食事が終わると硬く緊張した声で話しかけた。

「何だ？」

聞き返す鍠牙の声は優しい。眼差しも慈愛に満ちたもので、彼が玲琳を大切に扱ってくれていると分かる。彼を毒の化生だと思っていたかつての自分はあまりにも愚かで無礼だった。この人はこんなにも優しいのに……。夕蓮の言葉はただのでたらめだと確信する。

こんな優しい鍠牙の表情を曇らせるようなことを聞きたくはなかった。それでも、このまま知らない振りをしておくことはできそうにない。この不安を、苦しさを、受け止めてほしい。

「鍠牙様が……毒の効果を見極める実験のために死刑囚の命を使ったというのは、本当のことなのですか？」

恐る恐る聞く。そんなことはしていないと言ってほしい。しかし鍠牙はたちまち表情を苦痛に歪めて首を振った。

「すまない……あなたには知らせたくなかったんだが、知ってしまったんだな」

「本当のことなのですか!?」

玲琳は愕然とする。

鍠牙は卓の上で拳を固めていた玲琳の手を握った。

「分かってくれ、苦渋の決断だったんだ」

「……後悔していらっしゃるのですか？」

「……他に方法があればと今でも思っている」

辛そうな彼の表情に玲琳の心は揺らいだ。彼も本当はこんなことをしたくなかったのだ。他に方法がなくて、仕方なくそうしたのだ。彼は優しい人なのだから……

「……わ、私のせいなのですよね。私が蠱術を使いたくないと言ったせいで、鍠牙様が代わりに調べてくださったのですよね？」

「姫に辛い思いをさせるくらいなら、俺がやった方が遥かにましだからな。あなたが気にすることはないんだ」

鍠牙は優しく微笑んだ。その微笑みは玲琳の胸の痛みを和らげ、これ以上のことを考える必要性を奪った。

「ありがとうございます、鍠牙様。私を守ってくださって……」

やはり自分は幸福だ。この人はこれからも玲琳を守ってくれるはずで、けっして失うわけにはいかない。

「あなたは大切な方です。私もあなたのために何かしなくては……」

玲琳が真摯に告げると、鍠牙は飛び切り優しく微笑んだ。

「姫……あなたは俺が好きか？」

突然聞かれて気恥ずかしく、玲琳は頬を朱に染めた。それでも、誠意をもって心から答えた。

「はい、鍠牙様。あなたをお慕いしています」

答えた瞬間、何故かずきんと頭が痛んだ。大いなる過ちに警鐘が鳴っているような……けれどそれは気のせいに違いないと、玲琳は考えることを放棄した。

鍠牙は優しい微笑みのまま玲琳の頬にそっと触れる。

「ありがとう、姫」

やはり自分は幸福だ。この幸福を守らなくては……

蠱術は使いたくない。けれど鍠牙を守るためなら、もう一度だけ蠱術を使ってもいいのではないか……そんな思いが不意に芽生えた。

「そろそろ休むか」

夜が更けて、鍠牙がそう言った。

ここ数日一人で眠っていた玲琳は、彼が今までの通り共に寝ようと言っているのだと察し、たちまち鼓動が速まった。

「あの……それはもしかして……い、一緒に？」

もじもじと聞くと、鍠牙は苦笑しながら頷いた。

「当たり前だろう？　夫婦なんだから」

さらりと肯定されて、玲琳は首筋まで真っ赤になった。

「それは……そうなのですが……」

一年以上同じ寝台で寝ているくせに、今更恥ずかしがるのはおかしい。それでも想像すると気恥ずかしくて、頭の中がぐわんぐわんと回りだす。男の人と一緒に寝るなんて、どうして今まで平気だったのだろう。

玲琳の羞恥心と躊躇いを感じ取り、鍠牙は寝台に腰かけて両腕を広げた。

「姫、おいで」

その誘いに、玲琳の頬は赤みを増した。

夫婦なのだから当たり前だ。彼が望む全てを玲琳は受け入れなければならない。けれど今までに経験のない行為をすると思うと足が竦んだ。

玲琳はしばらくその場に立ち尽くしていたが、そのままじっとしている緊張感にも耐えられなくなって足を前に踏み出した。忍び足で歩みより、鍠牙の前に立つ。彼は棒立ちになっている玲琳の手を取り、突然勢いよく抱き上げた。

いきなり変わった視界に玲琳は慌て、小さく悲鳴を上げた。混乱したままぎゅっと目をつぶり、ただ目の前にあるものに縋りつく。自分の体が好き勝手に振り回されている感覚を味わい、気づくと玲琳は寝台に横たえられていた。

「まるで石みたいだな。何をそんなに緊張することがあるんだ?」

鍠牙は微苦笑しながら玲琳の手を自分の唇に当てた。

「冷たいな……」

突然そんなことをされ、玲琳の緊張は極限に達した。ドキドキと心臓が早鐘を打つ。

「あ……の……優しくしていただけると……」

「何をだ？」

「え……だって……」

「もう遅いからゆっくり休め」

戸惑う玲琳の頭をぽんと撫で、鍠牙は隣に横たわった。

「え……？　な、何もしないのですか？」

思わず玲琳は聞いていた。

「それは飛国の王子のもてなしが終わってからだと約束しただろ？　まだ終わってはいないぞ」

言われてそのことを思い出し、玲琳は自分の顔が今までとは違う意味で朱に染まるのを感じた。思わず自分の顔を押さえ、寝そべったまま彼に背を向ける。

「嫌だ……恥ずかしい」

何という勘違いをしていたのだろう。恥ずかしさのあまり土に埋まってしまいたい気持ちだ。

「……ごめんなさい。私が早とちりをしていました」

「はは！　可愛いな、姫は」

鍠牙はそう言って背を向けている玲琳を背後から抱きしめてきた。

「!?　こ、鍠牙様？」

「何だ？」

「………は、恥ずかしいです」

「何が？」

「だって……こんなことをされたら眠れないです」

訴えても鍠牙の腕はまるで緩まなかった。こんなのは今まで毎晩してきたことなのに、恥ずかしさで体が溶けてしまいそうだ。

「俺は眠れるから問題はない」

「そんな……」

あっさりと退けられた訴えを持て余し、玲琳ははくはくと口を動かす。しかし続く言葉は出てこなかった。

玲琳はそのまま彫像のように固まっているしかなかった。一方鍠牙は、少しすると穏やかな寝息を立て始めてしまう。それでも玲琳を放してくれないのだ。

なんだかずるい……そんな風に思う。けれど、無理矢理振り払ってしまうことはできなかった。この人の腕の中にいたいと、高鳴る胸が言っている。玲琳はこの人を、どうしても失うことはできなかった。

翌日、玲琳は榮覇が隔離されている部屋を再び訪れると、一晩考え抜いた末に決意したことを告げた。

「あなたを蝕む蠱術を解蠱します」

実際口に出してみると、その言葉の重みに押しつぶされそうになる。二度と使うべきものではない魔性の術に、玲琳は今ひとたび手を出そうとしているのだ。

「本気か？」

榮覇は信用ならないという表情で詰め寄ってくる。けれど、決して触れないよう一定の距離を保っている。

「本気です。ですからどうか、この国の人たちに毒を広げるようなことはなさらないでください」

玲琳は必死に懇願した。鍠牙に手を出さないで――という言い方は気恥ずかしくてできなかった。

「……あんたが俺を救うなら、他の人間に手ぇ出したりはしねえよ」

「それなら私は、あなたをお救いするために力を尽くします」

玲琳は深々とお辞儀をした。

「そのためにまず……榮覇様の血をいただけますか？」

再び蠱師として力をふるう緊張感と罪悪感にくらくらしながら、玲琳は彼にそう要請した。

「俺の血？」

「はい……榮覇様に巣くう蠱を調べたいのですが、体に触れることはできません。ですから血をいただきたいのです」

「そんなもんで何か分かんのか？」

「ええ、血は蠱師にとって最も重要なもの。血があれば様々なことが分かります。その人がどう生まれたのか……どう育ってきたのか……」

その説明を聞いた途端、榮覇の表情は強張った。

「ですから血を……」

「嫌だね」

「……え!?」

「血を採られるなんて気色悪い。ぜってー嫌だ」

「そ、そんな……何の情報もなく解蠱するなんて無理です」

「何とかしろよ。あんた蠱師だろ」

榮覇は頑として聞かない。

「そんな……」

「榮覇様！　わがまま言わないで！　お妃様が助けてくれると言ってるんですから、血の一杯や二杯くらい渡せばいいじゃないですか！」

期待と焦りで興奮した春華が叫んだ。

「まてこら単位おかしいだろが。一杯って何だよ、せめて一滴とか一匙とか……」

「細かいこと言わない！　ほら、ここに杯がありますから、どばっと血を……」

「ぜってー嫌だっつってんだろ！」

きっぱりと拒絶し、とうとう榮覇はごろりと床に寝そべって背を向けてしまった。

それ以上いくら説得しても彼が話を聞いてくれることはなく、玲琳は途方に暮れて手探りのまま前に進むことになった。

その日から、玲琳はとにかく片っ端から解蠱薬を作って彼に飲ませた。しかし、そのいずれも榮覇の体内に巣くう蠱には効かなかった。

玲琳は『羽化の術』の構造を知らないし、母の文献にもそのことは載っていない。母の胡蝶はこの術について教えてくれたことすらなかったから、もしかすると何かこの術に思うところがあったのかもしれない。

構造の分からぬ術を解蠱するのは困難で、玲琳は立ち止まったまま前にも後ろにも行けなくなってしまう。

「ずいぶん苦戦しているようだな、何か必要なものはあるか？　何でも用意しよう」

悩んでいる玲琳を案じて、鍠牙がそう言ってくれる。

「ありがとうございます。ですが……」

そもそも何が必要か分からない——と、玲琳は言えなかった。

榮覇を救いたいという思いはある。人が死ぬところなんて見たくない。けれど、失敗して取り返しがつかないことになる方がずっと怖かった。何より、役に立たないと鍠牙に見限られることが何よりも怖いのだ。

「そういえば、最近蠱たちの姿を見ないが……榮覇殿の中にいる蠱を、あなたの蠱で追い出すことはできないのか？」

ためらっている玲琳に鍠牙はなおも言った。指摘されてぎくりとする。

それは玲琳も真っ先に考えたことだった。今までにも玲琳はそういうやり方で蠱毒を解蠱したことがある。だが——今はどうしてもそれができないのだ。

蠱が……あの悍ましい生き物が……怖いのだ。

触れることも近づくこともできないのだ。

「……『羽化の術』は繊細なので……乱暴なやり方はできないのです……」

玲琳はそう誤魔化した。己の浅ましさと罪悪感に目をつぶり、自分のできることだけをしようと視界を閉ざす。

目を閉じている間に誰かがこの悍ましい役目を代わってくれないだろうか……そんなことばかりを考え続け、玲琳は蠱師の振る舞いを続けた。

そうして幾日もの時間をかけ、数えきれないほどの解蠱薬を作った。しかしそれでも、榮覇に巣くう蠱を解蠱することはできなかった。

気持ち悪い……逃げ出したい……人に責められるのが怖い……

そんなことばかりが頭を占めていて、日に日に焦りは強くなる。

そもそも榮覇に巣くう蠱が羽化するまで、あとどれだけの猶予が残されているのかも分からなかった。

状況は停滞したまま一歩も前進しなかったが、そんなの誰にも相談できない。毎晩鍠牙に抱きしめられて眠る時だけが唯一安心できる時間だった。彼だけは玲琳の味方でいてくれるはずだから……

無益に時を消費して、七日後の昼下がり――本来であれば榮覇を護衛して共に訪れるはずだった飛国の供の者たちが王宮に到着した。

その中には、榮覇にとって腹違いの弟だという飛国の第三王子もいた。

正式に出迎え、もてなし、注意を払いながら現状を伝える。その全てを鍠牙が引き受けてくれたので、玲琳はただ彼の後ろに隠れているだけでよかった。

人払いされた密室で、兄に起きた異変を知らされた飛国の王子、燭栄丹(えいたん)は腰を抜かした。

「兄上に毒を盛るだなんて……いったい……誰がそんなことを……」

呆然と呟く栄丹は栄覇より一つ年下で、派手な顔立ちの兄とは似ても似つかぬ繊細で実直そうな青年だ。

そして栄丹は正妃の息子だという。――つまり、『羽化の術』を使った黒幕というのは彼の母親だということだ。

しかしそれを彼に伝えることはできなかった。彼が母の行動を知らなかったとしても、知っていたとしても、伝えるのは危険だと思われたからだ。

「これは本当の話なんですか？　いきなりこんな話をされても信じられません。僕らを騙そうとしているとしか思えない」

現実を受け止めきれなくなった栄丹は、頭を抱えるように言った。それは当然の反応ともいえたが、目の前にいる他国の王を疑うような発言をしてしまうあたり、彼は未熟なのだと思えた。けれど鍠牙は彼の未熟を咎めはしなかった。

「残念ながら本当のことだ」

「……兄に会わせてください」

深刻な面持ちで請われ、鍠牙はしばし考える。

「すまないが、直接会わせることはできない。扉越しに話すだけにしてもらおう」

彼の出した答えは妥当なものだった。榮丹は不満そうにしかめっ面を作り、ふと思いついたように言った。

「女官は⁉　春華という女官は無事ですか？」

「春華？　ああ、女官殿は無事だ。榮覇殿の傍についていてくれている」

鍠牙の説明を聞き、榮丹はたちまち血相を変えた。

「僕をすぐそこに連れていってください！」

焦る榮丹を、鍠牙は榮覇を隔離している部屋まで案内した。玲琳も黙って同行する。

鍠牙がいない場所に残されるのは不安だった。

閉め切った部屋の外から榮丹の来訪を告げると、そっと扉が開いて愛らしい女官が部屋から出てきた。

「春華！　無事でよかった……」

榮丹は春華を見るなり彼女を抱きしめた。

「榮丹様⁉　あの……落ち着いてください」

春華は慌てて彼を押しのけようとする。

「ああ、すまない……。春華、兄上が蠱師の呪いを受けてしまったというのは本当のことなのか？」

榮丹は春華を離し、心配そうに確認した。春華は疲れてくすんだ顔色に深刻な表情を乗せ、ゆっくり深く頷いた。

「全て本当のことなんです。私がついていながら……申し訳ありません」

己の無力を噛みしめながら、彼女はここに来てからのことを一つ一つ説明してゆく。その説明は鍠牙がした内容と合致していて、榮丹はようやく全ての話を信じたらしい。

落ち込む女官の手を、彼は優しく包んだ。

「君のせいじゃない。君だけでも無事で本当によかったと僕は思っているんだ。兄上のことは僕が何とかしてみせるから、とにかくまずは国へ帰ろう」

真摯に語る榮丹を、春華は困ったように見上げる。手を振りほどくことも握り返すこともできず、その場に留まっている。

そこで部屋の戸が内側から乱暴に叩かれた。

「春華！　何やってる。誰が来たんだ！」

部屋に隔離されている榮覇が、荒い声で聞いてくる。

「兄上、僕です。榮丹です」

榮丹が名乗った途端、扉は勢いよく開かれた。榮覇が険しい表情で部屋の外を見回し、そこに佇む弟と手を握られている春華を見て極限まで顔をしかめた。

弟の棠丹は、深紅に染まった兄の目を見てぎくりと体を強張らせる。

「……春華、戻れ」

棠覇は横柄に命じた。春華は気まずそうに棠丹の手を振り払い、部屋の中へ戻った。無言で閉められそうになる扉を、棠丹は慌てて摑んだ。

「兄上！　春華を危険な目に遭わせるのはやめてください！　世話する者が必要なら、他にいくらでもいるはずだ！」

必死に訴える弟を、棠覇は冷ややかに見下ろす。

「……なら、お前がやれよ。入って来いよ。その覚悟があるならな」

棠丹はたちまち凍り付いた。全く身動きしなくなった弟を眺め、棠覇はせせら笑う。

「できねえなら黙ってろ。二度と偉そうな口きくんじゃねえよ。あとな……こいつに触ったら殺すぞ」

そう言って、彼は乱暴に扉を閉めた。弟はなすすべもなく棒立ちになっている。

しんと静まり返った廊下で、気づまりな空気を払ったのは鍠牙の声だった。

「心中お察しする。少し休もう」

棠丹は頷くことすらできなかった。鍠牙は彼の背を押し、その場から引き離した。

棠丹を誘導して廊下を移動しながら、鍠牙は穏やかに告げた。

「急な事態で驚いていることと思うが、棠覇殿が無事助かるまであなたにもこの国に留まっていただくことになる」

脅すでもなだめるでもなく、ごく当たり前のように要求する。兄を置いて国へ帰るという選択肢を、弟は気づかぬうちに奪われたが、鍠牙の穏やかな口調はそれを綺麗に隠してみせた。

「……何か、僕にもできることはありませんか？　兄のために」

ようやく現状を認める気になったのか、榮丹は力なく申し出た。

鍠牙はすぐ後ろを歩いている玲琳に視線を向けた。

「姫、何か彼に助力を願いたいことはあるか？」

突然話を振られ、榮丹の絶望的な眼差しを向けられて、玲琳は身震いしつつ必死に考える。そしてはっと顔を上げた。

「で、では……血をわずかばかりいただきたく存じます」

「……血を？」

榮丹は気味悪そうに眉を顰めた。そもそも玲琳が何者なのか、彼は理解していなかっただろう。

「榮覇様に近い血をいただきたいのです。蠱術を解蠱するために」

榮覇には断られたが、榮覇に近い弟の血があれば使える蠱術の範囲が広がる。

その説明で、榮丹は玲琳の正体を誤解した。彼は立ち止まってまじまじと玲琳を観察する。

「ああ……あなたは王宮お抱えの術者ですか？　母がまじないや占いなどを好きで、飛国の王宮にも術者が何人かいます」

玲琳は思わず肩をびくりとさせた。

やはり犯人が母親であることを明かすべきだろうか——そんな考えが頭をよぎる。

しかし玲琳が何かを言う前に、榮丹はふと表情を陰らせた。

「人を呪う術者というのは何なんでしょうね……。兄は、昔から何度も命を狙われていると聞きます。犯人のことは……噂程度で僕は分かりません」

突然言い出す。急に陰った表情から、彼がその噂の内容をよく知っているのではないかと思われた。

「兄はね、横柄な人ですよ。我儘で身勝手で、人に迷惑をかけることを恐れない。僕はいつも冷たくあしらわれています。僕は見た目も性格も父譲りで融通の利かないつまらない男だ。そんな僕と違って、兄はいつも自由なんです。だけど……時々思うんですよ。兄は……わざと悪ぶってみせているだけなんじゃないかって……。本当の兄がどんな人なのか、僕は全然知らないんじゃないかって……」

そこで榮丹は首を振った。

「すみません、変なことを言いましたね。術者殿、どうか兄を助けてください。このまま兄が助からないなどということになれば、本当に大変な問題になってしまうでしょう。それに春華も……。僕の血で役に立つならいくらでも差し上げますので、どうか助けてください」

真剣に乞われ、玲琳は黙って頷くことしかできなかった。

弟の榮丹はすぐに血液を提供してくれた。

その血に、玲琳は一縷（いちる）の望みをかけた。

五日間かけ、弟の血を使って作ったのは、深紅の輝きを放つ一杯の液体。

毒に冒された兄の血を、正常な弟の血に近づけるよう作り上げた解蠱薬。榮覇の体に不要なものは、この解蠱薬に含まれる毒で溶かされる。つまり、榮覇に巣くっている蠱も溶かされてしまうはずだ。弟の血がなければ完成しなかった解蠱薬である。

玲琳は出来上がった解蠱薬を手に、榮覇の隔離されている部屋へと向かった。

これで無事に榮覇の蠱毒が解蠱できれば、もう二度と玲琳はこの汚らわしい術に関わらなくてすむ。

そんな思いで足早に訪ねると、部屋に閉じこもって待っていた彼らは、喜び勇んで玲琳を迎えた。

「これで榮覇様は助かるんですね！」

玲琳にすがる春華など、今にも泣きだしそうだ。

「……本当に……解蠱できるのですか……？」

疑るように聞くのは華祥だった。相変わらず陰気な女性だが、今日は俯かずに玲琳が持っている壺をしげしげと眺めている。

「母上、失礼なこと言わないでください。さあ、お妃様。早く薬を……」

急かされた玲琳は危うい足取りで部屋の奥へと進んだ。榮覇は部屋の奥の壁に背を預けて座り込んでおり、警戒するように玲琳を見上げた。

「……ずいぶん待たせてくれたな」

「も、申し訳ありません」

「榮覇様！　勝手なことを言わない！」

「いいから薬を出せよ」

咎める春華を無視して榮覇は手を出した。

玲琳は恐る恐るその手に壺を握らせた。

「中身を全部飲んでください」

榮覇は小ぶりな壺を覗き込み、匂いを嗅いで顔をしかめる。しばし躊躇った後、彼は壺の中身を一息に乾した。

「……体が熱くなってくるはずです。少ししたら眠くなると思いますので、そうしたら寝てください。起きれば毒が消えて……」

玲琳が説明している途中、榮覇は壺を落とした。ぶるぶると身体を震わせはじめ、ひきつるような呼吸をする。想定外の反応に玲琳は驚いて後ずさった。

りりんりんりん……またあの鈴の音が聞こえた。その途端、榮覇の赤い目から血が流れ、彼は苦しみながら床をのたうち回った。

「榮覇様！」

春華が叫んで駆け寄ろうとした時、榮覇は唸り声を上げて黒い塊を吐き出した。もぞもぞと蠢く黒い生き物。人の身の丈ほどもある巨大な百足の上半身が、彼の口から立ち上るように現れたのだ。

「きゃあああああ!!」

春華は甲高い悲鳴を上げる。百足は威嚇するようにガチガチと牙を鳴らし、ゆったりと榮覇の体内へ戻っていった。榮覇は意識を失って床に倒れる。

凄まじい光景に、玲琳は腰を抜かして震えた。何が起きたのかまるで分からなかった。ただ一つ分かったのは、自分が失敗したということだけだ。

第三章

もうダメだ。もう無理だ。自分一人がこんな事態を抱え込むなんてできない。こんな責任を負いたくない。誰かに押し付けてしまいたい。けれど、押し付けられる相手などどこにもいないのだ。

その夜、玲琳は自室の寝台に突っ伏して泣いた。

玲琳の解蠱薬を飲んだ榮覇の容体は悪化した。毒は消えることがなく、彼はあれからずっと苦しんでいるという。

全部玲琳のせいなのだ……事態の深刻さが……責任の重さが……怖くて不安で仕方がない。

誰か……誰か……誰でもいいから助けて……真っ暗闇の中で小さく丸まり震えながら泣き続けていたその時——

「姫、どうした？」

声をかけられてはっと顔を上げると、寝台のすぐそばにいつの間にか鍠牙が立っていた。彼の姿を見た瞬間、部屋の中がぱっと明るくなったような気がして、玲琳はまた涙があふれてきた。

「大丈夫か？」

鍠牙は優しい手で玲琳の肩を撫でた。玲琳はたまらなくなり、恥じらいも何もかも投げ捨てて鍠牙に抱きついていた。

「ごめんなさい……私、どうして失敗したのか分からないのです……もう、これ以上は無理です……」

彼にしがみつき、泣きながら想いを訴える。自分の辛さを、痛みを、不安を、彼なら理解して受け止めて代わりに引き受けてくれる。そんな頼もしさにすがり、想いをぶちまける。

鍠牙は黙ってそれを聞いてくれた。打ち明けてしまうと、少しだけ心が軽くなったような気がしたが、実際には何一つ解決されていないのだと思うとまた気持ちが重くなる。

いや……これ以上不安になるのはやめよう。彼ならきっと自分を守ってくれるはずなのだから……そんな思いで玲琳は鍠牙を見上げた。すると彼は優しく玲琳の背を撫でながら言った。

「姫はもう……榮覇殿の蠱毒を解蠱することができないと言うんだな？」

玲琳は唇を引き結んで小さく頷く。

「……分かった。それならもういい。その代わり、最後に一つだけやってくれるか？」

「……何を……すればいいのですか？」

「簡単なことだ、俺を殺してくれればいい」

鍠牙はこの上なく優しく玲琳に微笑みかけながらそう言った。

瞬間何を言われたのか理解が追いつかず、玲琳は呆けた。鍠牙はそんな玲琳を放し、笑みを絶やすことなく言葉を繋いだ。

「なあ、姫……俺はあなたが可愛いよ。あなたがたとえ犬になろうと怪物になろうとゴキブリになろうと、あなたがあなたであれば愛おしいだろう。だが――」

そこで突如彼の表情は変わった。笑みのままだというのに、その瞳だけが刃物のごとく鋭く冷たくなって玲琳を射る。玲琳はぞっとして、寝台に座り込んだまま後ずさりした。

「だがな、姫。それはあなたがあなたであれば――の話だ。蠱師でなくなったあなたはもうあなたじゃない。他ならぬあなた自身が、蠱師でなければ自分ではない――と、決めたんだろう？　今のあなたは俺にとって、何の価値もないただの肉の塊だ」

そんなことを言いながら、やはり鍠牙は笑みを浮かべていた。

玲琳の全身が、がくがくと震え始めた。それが寒さなのか恐怖なのか衝撃によるものなのか、自分でも分からない。あの優しかった鍠牙のことを必死に思いだす。

「だって……鍠牙様はおっしゃいました。私がやりたくないのならやらなくてもいいと……」

「ああ」と、鍠牙の笑みが一瞬深まる。

「あんなのは――ただの嘘だ」

彼の笑みは晴れやかですらあった。

「……うそ……？」

「ああ、俺の姫は夫の嘘なら一つ残らず看破してみせるような女だった。あなたはもう、そんなこともできなくなってしまったんだろ？」

玲琳は言葉を失い、何も言うことができなくなった。目の前のこの人が、突然得体の知れない化け物になったようで、ただただ恐ろしくて仕方がない。

「これでも俺は待った方だ。あなたが自分を壊した毒を捻じ伏せ、蠱師であってくれることを期待した。だが――いくら待っても無理だというなら仕方がないな。今の俺には、あなたと犬の死骸の区別がつかない。俺の姫は死んだということだ」

そこでとうとう鍠牙の表情から笑みが消えた。本心を覆い隠す仮面を外してしまえば、そこにあるのは冷たい虚のような表情だけだった。

「だから――約束を守ってくれるな？」

「やく……そく……？」

　何のことか分からないまま、玲琳は震える声で繰り返した。

「ああ、まさか忘れてはいないだろう？　あなたが死んだら、その時には俺を殺してくれると……そう約束したな？」

　頬を殴られたような思いがした。自分がそう言ったことを、玲琳は確かに覚えていた。そんな恐ろしいことを――自分は約束してしまったのだ。

　ぐちゃぐちゃに乱れた思考をまとめることもできないまま、玲琳は何度も何度も首を横に振った。この人が恐ろしく、厭わしく……今すぐ目の前からいなくなってほしいとさえ思った。

「さあ、俺を殺してくれ。あなたの可愛がっているあの毒蜘蛛で」

「い……嫌です」

「やれ」

「嫌です、できない……!!」

　玲琳は思わず突っ伏して叫んだ。そんな恐ろしい……罪深いことはできない。そんな重荷を背負う勇気なんかない。

　しかし逃避するようなその行為を彼は許さず、玲琳の腕を掴んで無理やり顔を上げさせた。

「嫌なら俺の姫を返してくれ。自分の中にある蠱毒を捻じ伏せてみせろ」

「……私は……毒の影響など受けていません」

「馬鹿げた問答を繰り返す気はないよ。俺を殺すか、自分を解蠱するか、どちらかだ。選べ」

「む、無理です……あんな恐ろしい蠱と戦いたくない！」

玲琳は顔を背けながら振り絞るように言った。仮に彼の言うことが本当ならば、玲琳が本当に毒の影響を受けているのならば、自分では治せない。感覚は鈍いままだったが、見た瞬間に分かることがあった。あの百足を操る蠱師は——玲琳より遥かに強い。絶対に敵わないと分かってしまったのだ。恐ろしくて立ち向かうなどできないだというのに——

「できる」

鍠牙は断言し、玲琳の顎をつかんで上向かせた。

「あなたならできる。俺の姫が……俺が愛した女が……あんな毒にひれ伏すと思うか？　あまり舐めるなよ」

強烈な圧の瞳を間近で向けられ、玲琳は身震いする。

「あなたができないはずはない。あなたこそが、俺の知る最恐の蠱師だ。この世の何より悍ましい魔物だ。いいかげん起きろ！」

思い切り頭を殴られたような感覚がした。ずきんずきんと頭が痛む。頭の中の何かが大声で喚き散らしているようだ。

玲琳は思わず頭を押さえた。痛みはどんどん強くなる。あまりに痛くて、痛すぎて……だんだん怒りが湧いてきた。

その感情のまま、玲琳は鍠牙を力任せに突き飛ばした。

「……うるさい」

痛みに耐えながら零すと、鍠牙が目を見張った。玲琳は荒い息をしながら鍠牙を睨んだ。

「何が……お前……あなた……私の何をっ……！」

痛すぎて頭の中がまとまらず、言葉がばらばらと零れ落ちる。

鍠牙は黙って玲琳を見据えている。無言の瞳に責められて、玲琳は痛いとか辛いとかいう感覚に怒りが勝った。

この男は何様のつもりで自分をこんな目で見下すのか——

「……分かりました。やれば……いいのでしょう？」

痛む頭を押さえながら寝台を降りる。

蠱術は魔性の術だ……こんなものを扱うなんて許されない？　それがどうした。この怒りの前では禁忌など些事だ。

蟲や毒が恐ろしい？　だからなんだ。この屈辱の前では恐怖など塵芥だ。

この男の鼻を明かして跪かせて踏みにじってやる。そんな思いに突き動かされ、ゆっくりと手を前に伸ばす。

「……出ておいで」

久しぶりの呼び声に応えて袖の隙間から現れたのは、一匹の巨大な毒蜘蛛。蜘蛛は伸ばされた玲琳の腕に乗り、かさかさと脚を動かした。

玲琳が生まれて初めて生み出した蠱。そして、自分が死ぬ時には鍠牙を殺すよう命じてあった蠱だ。

鍠牙はその毒蠱を向けられても全く怯える様子を見せない。

「俺を殺す気になったのか？」

腕組みし、挑発するような目で玲琳を見下ろしている。

「うるさい……声が耳障りよ……少し、黙っていてください……」

呼吸を整え、玲琳は悍ましくて仕方がなかった蠱と正対した。

「……いい子ね……私の体は毒の壺……この身に巣くう幼蠱を喰らって、より強い蠱になっておくれ……」

そう命じて毒蜘蛛の顔に口づける。すると人の顔程もあるその蜘蛛は、玲琳の口からずるりずるりと吸い込まれるように体内へ入ってきた。

巨大な毒蜘蛛をごくんと飲み下すと、次の瞬間、全身が激痛に襲われた。体の中で何かが暴れまわり、玲琳は耐えられず倒れかける。しかし倒れかけた体は鍠牙に支えられ、転倒を免れた。

痛みのあまり、玲琳は鍠牙の腕をきつく摑んだ。薄い布の上から爪を立てる。

頭に浮かぶのは、榮覇の口から覗いたあの巨大な百足だ。あれが親蠱ならば、幼蠱も同じく百足であろう。その毒百足と、玲琳の毒蜘蛛が、今まさに体内で戦っていた。

痛みに耐えて歯を嚙みしめ息を詰めていると、鍠牙が玲琳を軽く持ち上げ、抱き合う格好で床に座った。

「好きにしていいぞ。舌を嚙んだりしないよう、好きなところを嚙んでろ。だが、息はしておけ」

「……後悔するわよ」

脅しても、鍠牙は眉一つ動かさない。玲琳はまた襲い掛かってきた痛みの波に流されて、目の前にあった鍠牙の肩を嚙んだ。

幼い頃の思い出が、頭の中を繰り返し巡る。母の蠱に手ひどく痛めつけられた時のことなどが……。あれより怖い蠱師はこの世にいないと玲琳は思っていた。あれほどの痛みを味わうことは生涯ないと思っていた。けれど——

意識は途切れ途切れに現実と虚構を行き交った。

時折血の匂いが鼻をかすめ、嫌悪感と酩酊感をもたらす。

玲琳は鍠牙にしがみついたまま、体内の毒百足を追い詰めてゆく。

どれほど苦しみ続けただろうか？　一晩のような気もしたし、或いはほんの一瞬だったのかもしれない。時間の感覚がなくなるほど戦い続けた果てに、玲琳は一つの決断を下した。

「……ダメだわ……喰えない」

息も絶え絶えに零した。認めなければならない。玲琳の毒蜘蛛では、この百足を喰うことができない。

玲琳の中に潜む毒百足は、玲琳の想像を遥かに超えて強力だった。何の準備もなく一朝一夕に喰らうことはできない。ならば仕方がない。これ以上毒を吐けぬよう、せめて体内に封じ込めておくしかない。

玲琳は百足を腹の奥底に追い詰めて、壁を作り、閉じ込め、厳重に鍵をかけた。

蟲たちの戦いが終息するとようやく痛みが引き、玲琳は鍠牙の腕から抜け出て床に寝転がった。大きく深呼吸し、そしてぎりぎりと歯噛みする。

負けた……勝てなかった……！　あまりの悔しさに眩暈がする。けれど心の奥深くを覗いてみれば、その眩暈は悔しさだけでなく甘美な快感を伴っていた。腹の底に危険な毒蟲を飼っている。その感覚に空恐ろしさと愛おしさを感じてしまう。

かすかに血の色で染まった唇が弧を描く。その唇を、鍠牙が親指で拭う。彼を見上げ、玲琳は掠れた声で言った。

「おはよう、鍠牙。いったい誰の許しを得て、勝手に私の部屋へ入っているのかしら？　殺すわよ」

すると鍠牙はぱしぱしと瞬きし、にやりと笑った。

「おはよう、姫。可愛らしい上目遣いで、どうか入ってくださいとおねだりしてきたのは、どこの誰だったかな」

「あら、おしとやかな女が好みかと思って気を利かせてやったのよ。お前は女の趣味が悪い変態だからね」

玲琳もにやりと笑い返した。

「まあ自覚はあるさ」

鍠牙はようやく安堵したように肩の力を抜いた。

起き上がるにも鍠牙を追い出すにも体が疲れすぎていた玲琳は、寝転がったままくっくと笑った。笑い終わると、傍らの夫をジト目で睨み上げる。

「鍠牙、お前に一つ言っておくわ。ここしばらくの私を忘れなさい」

思い出すだけで気色悪い。あんな気色悪い自分をまともな自分だと思っていた自分の気色悪さに吐き気がした。

「……さあ、どうするかな」

鎧牙は一度目を丸くし、にやにやと笑いだした。玲琳は乱暴なため息をついた。

「まあいいわ、好きになさい。敗北から目を背けることこそ敗北よ。屈辱は甘んじて受け入れるわ」

未だ身の内に巣くう百足の存在に意識を向ける。封じ込められじっとしているが、確かにそれはまだ玲琳の中にいる。

「本当に……やってくれたわねえ……絶対に逃がさないわよ」

見も知らぬ蠱師へ怨念めいた言葉を贈る。そんな玲琳を観察し、鎧牙は納得したように一つ頷いた。

「どうやら本当に蠱師のあなたのようだな。復讐に燃えるのは結構だが、その前に一つ答えてくれるか？」

「何？」

彼が何を聞きたいのかピンときながらも、玲琳は素知らぬふりで聞き返した。

「姫、俺が好きか？」

うっかり笑いそうになるのを堪え、玲琳は嘲るように答えた。

「お前のことなど誰が」

その答えを全身に染み込ませるよう聞き、鍠牙は不意に身をかがめた。玲琳の頭の横に手を突き、覆いかぶさってくる。気づけば玲琳は唇を奪われていた。ほんのわずかのあいだ重なり合った冷たい唇は、小さく食むようにして離れてゆく。

「……それは飛国王子のもてなしが終わるまで、お預けだったのではないの？」

きょとんとしていた玲琳は、何が起きたのか理解してじろりと彼を睨んだ。

「ああ、まあ……少し我慢できなくなった。ごめん」

あっさり謝られて玲琳はイラっとする。

「中途半端に与えられても困るわ。お前、私を馬鹿にしているの？　寄越すなら一つ残らず寄越しなさいよ。これから強大な蠱師と対峙する私に、新たな深淵を覗かせたらどうなの。おのが身を差し出す程度の覚悟も、お前にはないというの？」

寝転がったまま彼に向かって両手を伸ばす。が、鍠牙はふんと鼻を鳴らし、玲琳の手をぺいっとはたき落とした。

「俺は滋養強壮剤じゃないんでね」

玲琳は起き上がり、鍠牙の方へずいっと身を乗り出した。

「もちろんお前はそれよりずっと恐ろしい毒だわ。だから私はお前をこの体に入れたいのよ」

「たいそうな口説き文句だな。相変わらずあなたは人を蟲以下としか思っていないらしい。俺はあなたの蠱術の生贄か？　毒に冒されていた方がよほど可愛げがあった」

鍠牙は頬を引きつらせて吐き捨てる。

「それならもう一度毒に冒されてあげようか？　あの幼蟲はまだ私の体に巣くっているから簡単よ」

玲琳が己のみぞおちをとんとついてみせると、鍠牙は慌てたように玲琳を引き寄せ、肩口にすがった。

「嘘です、ごめんなさい。あなたを失うのは二度と御免だ」

「ええ、私だって御免だわ。蠱師でなくなったら私ではなくなるもの」

蠱師であることを嫌悪する自分に嫌悪感を抱けない。それがあんなにも気色の悪いことだと玲琳は初めて知った。見知らぬ蠱師に教えられたのだ。力ずくで、体に刻み込まれた。

玲琳の口の端に獰猛な笑みが浮かんだ。

「お礼を……してあげなくてはね」

「……何か企んでいるな？」

鍠牙は腕に閉じ込めた玲琳を見下ろす。

「そうね、私はこれでも義理堅いのよ。もらった礼はするわ。だから……お前にお願いがあるの」

「……嫌な予感しかしないな」

「まあお前が断ったところで私は勝手にするけれど」

ふふんと玲琳は得意げに笑って鍠牙の腕から逃れた。立ち上がり、ひらひらと腕を振る。衣のあちこちからぞろりと蟲が這い出てくる。

「何をする気だ」

警戒——というにはいささか楽しげな鍠牙の声。玲琳はにいっと笑んだ。

「これから王宮中の人間を呪うわ」

「……何だと？」

「王宮中の人間を呪うわ——と言ったのよ。お前にその許可を得ておこうと思ったの。まあ許可されなかったところでやるけれど」

反対するか怒るか呆れるか……いずれの反応を見せるだろうかと玲琳は鍠牙を見つめ返す。

「いいだろう。好きに呪え」

鍠牙は胡坐をかいたまま、頬杖をついてそう言った。

「別に構わんさ。あなたがほしいなら、この王宮にいる人間の命くらいいくらでもくれてやる。俺の命もついでに持っていくといい」

頬杖をついていない方の手を雑に振ってみせる。そんな恐ろしいことを、当たり前のような顔をして、心の底から言ってのけるのだ。

玲琳はぽかんとし、ややあってにまにまと笑った。

「お前は本当に救われないわねえ。きっと死ぬまで、毒のままでしかいられないのでしょうよ」

それこそが彼に必要な言葉だと知る玲琳は、侮蔑の言葉を投げつける。それが彼を安心させることを知っている。

「まあ見ていなさい。お前がどれほど危険な女を娶ったのか、とくと教えてあげる」

軽く腰に手を当てて、玲琳は宣言した。


もう夜明けが近い。

遠くの空は白み始め、少し目を離せばあっという間に闇は消え失せてしまうだろう。

玲琳は庭園の一角を占める毒草園に立っていた。風もない冷えた空気の中、辺りはしんと静まり返っている。いつもならば玲琳が近づけば出てくる蟲たちは、ひっそりと毒草の間に隠れてしまっていた。

「あなたたちにも寂しい思いをさせてしまったのでしょうね」

玲琳はそっと話しかけた。草木のざわめく音がした。玲琳は指先を噛んでそこから血の雫を滴らせる。ざわめきが大きくなる。

「二度とあなたたちを無視したりはしないわ。あなたたちは私の毒、人を呪い、苦しめる無形の刃。この声を聞きなさい、この血の全てを捧げるわ。私の命を聞きなさい。夢を渡り……血を巡り……奪っておいで。さあ……お行き！」

強く命じた瞬間、ごうと風が唸った。いや、風ではない。空気を震わす何かだ。空気を揺らし草木を揺らし、破裂するように四方へと飛び散ってゆく。それは無数の蟲だった。王宮を黒く覆いつくさんばかりの蟲たちが、解き放たれて這い、駆け、飛んでゆく。

「凄まじいな……」

離れて見守っていた鍠牙が感嘆の声を漏らした。

少しすると、王宮の方々から悲鳴が聞こえてきた。老若男女を問わず、蟲は王宮中の人間を襲っていた。

「何をしようとしているんだ？」

「近くにいる人間の血を片っ端から吸っているの。そういう呪いよ。本来は血を吸い殺すのだけど、今は死なない程度に吸うよう命じているから安心なさい」

「なるほど、それは安心だ」

鍠牙は本気とも嫌味ともつかぬ口調で同意する。

「血を集めてどうする?」

「蠱師を見つけるのよ。王子に蠱術をかけて、私に屈辱を与えてくれた蠱師をね」

鍠牙はふと真顔になった。

「……この王宮にいるということか?」

「……私の中にはまだあの幼蠱がいるわ。私とその術者は繋がっているということなの。頭の鈍っていたさっきまでの私には分からなかったけれど、今なら分かるのよ。術者はすぐ近くにいる」

「なるほど、あなたが誰かと繋がっているというのは不快だな」

鍠牙は腕組みして言葉通り不快そうな顔をした。

そのまま待っていると、一四二匹蠱が戻ってくる。玲琳はその蠱たちを迎え、順々に確認してゆく。

「違うわね、あなたも違う……あなたも……あなたも……」

蠱師は蠱師の血を嗅ぎ分ける。玲琳は集めた血の中から蠱師を見つけ出そうとしていた。

「酷いやり方だな」

鍠牙が淡々と感想を述べた。

彼の言う通り、残酷なやり方である。敵一人見つけ出すために、無数の人間に犠牲を強いている。普通ならば選ばぬやり方だ。だが、今の玲琳はここまでしてでもこの先にいる敵を見つけ出さねばならなかった。

しかし、いくら待っても蠱師の血を持って帰る蟲はいなかった。

ほとんどの蟲が戻ってきて、残りはわずか三匹になった。そのうちの二匹が戻ってくる。その二匹を確認して玲琳は訝しんだ。彼らは血を吸っていなかった。

蟲が蠱師の命令を無視してでも避ける存在――確かにそれはこの王宮に一人だけ存在する。それが何故二匹？　玲琳が難しい顔で考え込んでいると、とうとう最後の一匹が戻ってきた。

夜明けの空からふらりふらり……危うい動きで飛んでくる蜂の姿。玲琳は手を伸ばして蜂を迎え入れる。しかし蜂は玲琳の手に戻ると、粉々に砕けて手のひらに落ちてしまった。

玲琳はしばし呆然と蜂の残骸を見ていたが、砕けた砂のようなそれを一息に飲み干した。その蟲がどこへ行ってきたのか、何をされたのか、玲琳は知った。

「ああ……そう……そんな気はしていたわ……」

玲琳は目を細めて呟いた。無言で歩き出すと、鍠牙は後からついてきた。

「危ない目に遭うかもしれないよ？」

ちらと振り返って言う玲琳に、鍠牙はにこりと笑った。

「姫が行くところならどこへでもお供しよう」

相変わらずこの男の笑みはいつも嘘くさい。これを見て優しいなどと感じていたさっきまでの自分は、頭が腐って花が湧いていたとしか思えない。

「ならついておいで」

そう言って、玲琳は後宮の建物の中へ戻った。夜明けに突然蟲の襲来を受け、血を吸われ、怯え泣いている人々の中、玲琳は後宮の奥へと歩いてゆく。たどり着いたのは榮覇が隔離されている部屋だった。

無断で部屋の戸を開ける。中にいた人物がはっと振り向く。

鬼のような顔をしてしゃがみこんでいる榮覇と、彼の前に蹲って震えている春華だった。

玲琳は室内をきょろりと見回し、目を細めた。

「ずっと気にはなっていたのよ」

「おい……さっきの虫は何なんだ！　春華を噛んだ！　あんたの仕業か！」

榮覇は玲琳の言葉を無視して怒鳴った。

玲琳は軽く肩をすくめてみせる。

「死にはしないから安心なさい」

「お前……！」

栄覇が怒りをあらわにして立ち上がった。彼が拳を振りかぶりかけたところで、玲琳はぱっと手を前に突き出し、その意気をくじいた。

「お前に聞くわ。お前の乳母は……あれは誰？」

「……は？」

訳が分からないというように、栄覇はぽかんとした。

母のことを言われて春華も顔を上げた。

「あれは……俺の乳母だ。それ以外に何がある！」

振りかぶりかけた拳を所在なく震わせ、栄覇は言い返す。

「本当に？」

「当たり前だろ!?」

「ではお前にも聞くわ。あれは本当にお前の母親？」

玲琳は春華を見下ろして聞いた。

「……もちろんです」

「では、お前たちの乳母は——母は——いったいどんな女だった？」

「は？　何が聞きたい？　華祥は俺の乳母で、俺がガキの頃から厳しくて、逞しくて、怖い女で……」

「はい、母上は厳しく優しく温かい人で、いつも凜としていて……そして……」

そこで彼らは同時に青ざめた。春華はかすかに震えながら呆然と宙を見つめ——

「そして……五年前に死にました」

抑揚なくそう呟いた。

記憶と現実のズレを無理やり認識させられ、榮覇は立っていられないように床へ座り込んだ。

「なん……だ……あれはだれだ……？」

混乱して焦点の合わぬ目で榮覇はあえぐ。

「華祥はあんな奴じゃねえよ。あんな辛気臭い女じゃなくて……もっとはきはきして て……顔だって……全然違う。華祥は……とっくに死んだんだ」

「あの女は今どこにいるの？」

榮覇に仕えているはずの華祥は、この部屋のどこにも姿が見えない。

「虫が……襲ってきやがって……逃げて……」

「そう、分かったわ」

玲琳は放心している彼らを残し、部屋から出た。

「姫、どこへ行く気だ？」

後についてくる鍠牙が聞いた。

「あの女を捜すわ」

「心当たりが？」

「片っ端から捜せば……ああ、向こうも私を呼んでいるみたいね」

ふいに体内へ閉じ込めている敵の幼蟲がざわつきだした。呼ばれているのだと感じる。幼蟲のざわめきが強くなる方へ、玲琳は足を進めた。

「姫、あれが誰だかあなたには見当がついてるのか？」

「ああいう……人の認識を狂わす術を私は知っているわ。前に一度かけられた」

以前斎へ里帰りした時、玲琳はよく似た術をかけられているのだ。

「……蠱毒の民」

鍠牙が声を低めてその名を口にする。

「飛国の王妃が義理の息子を殺すため、蠱毒の民を雇った……ということか？」

「まあそういうことでしょうね」

蟲の導くまま玲琳は廊下を歩き、庭園へ出た。そのまま歩いて歩いて……とうとう最初にいた毒草園に戻ってきた。

暁の中、毒草園に一人の女が立っている。

榮覇の乳母としてここまで付き従ってきたはずの華祥だった。その背後に、どことなく見覚えのある男が立っている。

「……遅かったですね……」

華祥は足音に気づいて振り向いた。しかし視線は下を向いていて目が合わない。

「……この毒草園は小さいですが……斎にはない毒草がたくさんあります……種をもらってもいいですか……？」

陰気な声でぼそぼそと問われ、玲琳は苦笑した。声をかけようとして少し迷い、その迷いを口にする。

「お前を……いったい何と呼んだらいいのかしらね？　蠱毒の民の蠱師？　それとも……おばあさまとか呼んだ方がいいのかしら？」

玲琳は軽く腕組みして尋ねた。華祥は俯いたまま呟く。

「……私が……蠱毒の民の里長だと気づきましたか……？」

「私はお母様より強い蠱師を今まで知らなかった。けれど、蠱毒の民の里長はお母様より強い蠱師だと聞いているわ。お母様の毒なら私は何度もこの身に受けた。お前の毒はお母様のものより強かった。だからお前は蠱毒の民の里長——お母様のお母様。つまり私のおばあさまだと思うのだけれど？」

「……はい……そうです……」

あまりにもあっさりと彼女は認めた。

「……私は……胡蝶の母です……そしてあなたの祖母でもあります……名は月夜(つくよ)といいます……」

蠱毒の民の里長——月夜はぺこっと頭を下げた。この女はいったいいくつなのだろうかと玲琳は不思議に思った。四十代半ばにしか見えないが、もしかしたら本当はもっとずっと年上なのだろうか？

「想像していたよりずっと若いわ」

思わず声に出してまじまじと見つめると、月夜はその視線から逃げるようにふいっと目を逸らした。

「……はっきり覚えていませんが……たぶん五十五歳くらい……です……十三で胡蝶を産みました……胡蝶が里を出たのは十五歳くらい……だったと思うので……たぶん……そのくらい……？」

玲琳の方を見ないまま、指を折って数えている。

「四十五歳ですよ、里長」

と、背後の男が囁いた。

「……そうでしたか……？　……だそうです……乾坤（けんこん）の記憶が正しいのなら……」

月夜の言葉に玲琳はピンとくる。乾坤というのはたしか、葉歌の兄の名だ。蠱毒の里に生まれた男子で、掟（おきて）を破った蠱師を殺す役割を担う者の一人。

「……この子は私の護衛です……あなたは前に会ったことが……」

「あります」

乾坤はまた答える。

「……あるのだそうです……」

何やら変な会話だと思いながら、玲琳は彼女を観察した。月夜は奇妙なほど玲琳を見ようとしなかった。それどころか、誰とも目を合わせようとしなかった。

玲琳は彼女がいかなる蠱師か見定めようと、瞬きもせずに見つめた。

「その男のことはどうでもいいわ。私が聞きたいのはお前のことよ。お前は、飛国の王子に『羽化の術』をかけた？」

「……はい……私がやりました……」

「そのついでに私を殺そうとした？」

「……はい……殺そうとしました……」

気味が悪いくらい月夜は素直に肯定する。それでもずっと俯き続けている。

「どうして私を見ないの？」

玲琳は首をかしげて聞いたが、なおも月夜は顔を上げなかった。

「……人と言葉を交わすのも……目を合わせるのも……嫌いなので……里から出たくありませんでしたし……人が多いところも嫌いですし……」

彼女の声がひときわ暗くなった。どんよりと、本気で嫌そうな声だ。

こういう類の相手とやり取りした経験があまりない玲琳は、どう反応すればいいのか少し迷い、結果構わず話を進めることにした。

「不思議に思ったのだけれど、『羽化の術』を使うのは効率の悪いやり方だとは思わなかった？　私を直接狙えばもっと確かだったわ。私があの王子に触れるかどうかは不確かだもの」

その問いかけに、月夜は初めて顔を上げた。

「あなたを殺すためだけに蠱術を使うのは美しくありませんから」

「美しい？」

想定外のことを言われて玲琳は訝る。月夜は小さく頷いた。

「蠱毒の民は依頼を受けて術を使うことを生業とする者です。私情で蠱術を使うのは美しくありません。ですから、ちょうど依頼のあった飛国の王子暗殺を利用して、あなたの命を狙うことにしました。あなたが蠱師なら患者に必ず触ると思っていました。成功すれば、一つの術で二つの目的を達成することができます。その方が美しいです。蠱術が美しくある以上に重要なことは、この世のどこにもありません」

今までのぼそぼそとした陰気なしゃべり方が一変し、滑らかでひんやりとした空気が辺りに漂う。

真っ直ぐな瞳を向けられ、玲琳は初めて彼女と真っ向から目を合わせた。その瞬間、玲琳は心の底からぞっとした。この女を初めて見た時からうっすらと感じていた毒の気配。それが錯覚ではなかったのだと思い知る。

瞳の奥にちらつくのは、底なしの毒の沼。

目の前にいるのは紛れもなく蠱師の女王だった。

玲琳は彼女を見つめ返したまま、平静を装って言葉を紡いだ。

「……お前はお前の美学に従って私を殺すということね？」

「……はい……殺しますよ……」

「そのためだけにここまでの事態を引き起こしたというのね……」

「……はい……そうですよ……」

月夜はまたこっくり頷く。

玲琳はぐっと歯噛みして足を踏み出した。

はっとした乾坤が月夜の前に出ようとするが、月夜はそれを軽く制し、玲琳の歩みを見守る。

一触即発の気配が辺りに漂う。玲琳は無言で月夜に歩み寄り、彼女の目の前に立つと——地面に跪いて、彼女の靴に口づけた。

「……どういう意味でしょう……？」

月夜は不思議そうに尋ねる。玲琳は顔を上げ、にいっと笑った。

「あなたに心からの敬愛を捧げます、おばあさま」

本心からそう告げる。警戒していた乾坤も、近くで見守っていた鍠牙も、同じく唖然としている。

「あなたは私の師の師で、私より遥かに優れた蠱師で、この世の誰より尊敬するに値する。あなたは私が生まれてから今まで積み重ねてきた、蠱術の練度に感服します。血と智を繋いで命をすり減らして、それでも蠱術の美しさを追究してきた蠱毒の民を誇りに思います。その末に私が存在していることを……」

玲琳は己の胸を押さえて、もう一度深く頭を垂れた。

今まで玲琳が敬意を抱く相手は、自分より優れた蠱師である母だけだった。けれど目の前にいるこの女がそれ以上に優れた蠱師であることを、玲琳の血は確かに感じ取っている。それゆえに、この世の誰よりも敬意を払うべき相手と認識した。

「……そうですか……では私に従って……蠱毒の里へ来てくれますか？　玲琳」

月夜は何の感慨もないという様子で淡々と聞いた。玲琳はそんな祖母ににこりと笑いかける。

「いいえ、おばあさま。私が蠱毒の民になることはないでしょう」

「……そうですか……では死にますか？　あなたの中にはまだ私の蠱がいますね？」

「いいえ、おばあさま。私は死にませんし、蠱毒の民になることもありません。その代わり……あなたへの敬愛を表して、あなたの蠱を捻じ伏せて蹂躙して蠱術を打ち破ってご覧にいれます。あなたが繋いだ血の果てに、あなたより優れた蠱師が生まれたことを証明して差し上げます。あなたを敵として叩きのめす――それが私のあなたに対する敬意と感謝の証です」

微笑みかける玲琳に、月夜はかくんと首を傾けた。

「あなたには無理ですよ」

怒鳴るでも喚くでもないごく平坦なその声に、玲琳は背筋が凍った。月夜は瞬き一つせず、じっと玲琳を見下ろしている。新月のごとき黒く静かな瞳に虚無にも等しい圧がこもり、飲み込まれてしまいそうになる。

玲琳はぶるりと震えた。このまま小便を垂らして逃げ出したいほどの恐怖が全身を貫く。生まれて初めて、心から人を恐ろしいと思った。そしてそのことを……やはり嬉しいと思ってしまうのだ。この人の血を引いて生まれたことを、心の底から誇らしく思ってしまうのだ。

玲琳は恐怖に震えながら笑った。

「いいえ、必ずおばあさまを跪かせて差し上げます。期待なさってください」

「……無理ですよ……あなたが私に追いつくには……あと七年かかると思います……その前に私があなたを殺しますから無理ですよ……」

妙に具体的な数字を出されて怯みかけた玲琳に、月夜は身を屈(かが)めて顔を近づけた。

玲琳の胸元に指先を触れさせ、じっとその内側を覗き込む。

「……体の固い蟲たちで檻を作って……私の百足を閉じ込めているのですね……とても上手にできています……けれど……これで最後まで抑えきることはできないでしょう……幼蟲はいずれその檻を壊します……あなたを贄として心と体を壊し……血肉をすすって命を奪うでしょう……あなたにこの術は破れません……それでもやれるというのなら……やってみるといいと思います……」

月夜は玲琳から指を離して体を起こした。

「……榮覇様に巣くう親百足を屠れば……幼蟲も全て死に絶えます……贄となった村人たちも……あなたも……助かります……彼らの命を……榮覇様の命を……自分の命を……救えるというのなら救ってみせてください……」

玲琳は思わぬ言葉に面食らう。

「……飛国の王子の存在は忘れていました」

「……そんなことを言っては……可哀想ですよ……」

「すみません、おばあさま」

「……では……榮覇様を救って差し上げてください……できないのなら……あなたの命をもらいます……」

「分かりました、差し上げます」

玲琳は受諾の意を込めて頭を下げる。

「あなたの孫として恥じぬよう、あなたの蠱術を捻じ伏せて差し上げますので、どうか楽しみに待っていてください」

「……分かりました……ですが……榮覇様の命は長く持ちませんよ……村人たちに産み付けられた幼蟲たちは……あと五日で贄を喰らいつくし……宿主のもとへ戻りますとでしょう……五日後の夜明け……その幼蟲たちを喰らい……榮覇様に巣くう百足は羽化すること……それまでに術を破れなければ……彼は死にます……そしてあなたも死ぬのです……」

「お任せください、おばあさまに吠え面をかかせて差し上げます」

この人の泣きっ面を拝むのはどれほどの快感だろう。

玲琳がすっくと立ちあがって踵を返そうとすると、いつの間にか背後によく知った女官が立っていた。

「葉歌！」

玲琳は驚いて思わず名を呼んだ。葉歌は思いつめた顔で玲琳の向こうの里長を見据えている。

「里長、お話があります」

「……森羅……どうしましたか……？」

月夜の陰気な声が葉歌に刺さる。葉歌は熱湯に触れたようにびくんとし、しばしの逡巡を挟んで口を開いた。

「……李玲琳殺害のお役目を、もう一度私に与えてください。こんな形でいきなりお役目を奪われるなんて、納得できません」

「……前にも言いましたが……私がこの手で始末をつけます……あなたは時間をかけすぎています……乾坤はすぐにあなたを甘やかしますからね……森羅に玲琳を殺させたくないと……私に進言してきたのは乾坤ですよ……」

己の名を出され、乾坤の表情が強張った。葉歌は愕然として兄を見たが、二人が言葉を交わすことはなかった。

「……私がここへ来た時に言った通り……あなたは何もしなくていいのです……これは里長の命令です……」

はっきり命令と言われ、葉歌はそれ以上何も言えなくなった。

葉歌が最初に出会った時から月夜の存在を認識していたことを、玲琳はその会話で悟った。玲琳が彼ら一行をもてなしている場に葉歌がほとんど姿を見せなかったのも命令だったのだろう。

「ではおばあさま、やはり私とおばあさまの勝負ですね」

玲琳は傲然と微笑み、胸に手を当てて再度宣言する。

月夜はふいっと目を逸らし、ぼそりと言った。

「……無駄なことです……あなたは死にます……」

「お前を蝕む蠱術を解蠱するわ」

玲琳は、榮覇が隔離されている部屋へ戻るとそう宣言した。

「全く同じ台詞を前に聞いたな」

部屋の隅で壁に背を預け、床に座り込んでいる榮覇はじろりと玲琳を睨んだ。

「だけどあんたは失敗した」

「そうね、私は一度しくじった」

言い訳のしようもないほど完全に、玲琳はしくじった。月夜の蠱術に平伏したのだ。

「謝るつもりはないわ。私の謝罪はお前にとって何の価値もないものでしょうから。お前が私の無能を疑うのは当然よ。それでも、お前を救う可能性がある者がいるとしたら、それは私だけだわ。私はこれからお前を救うために命を懸ける。だからお前も私に命を預けなさい」

玲琳は根拠のない強固な決意をもって宣言する。

榮覇は呑まれたように何も言い返してこなかった。

「時間がもうあまりないの。お前に巣くう毒百足は、五日後の朝に羽化するわ」

話を早く進めようと、玲琳は率直に告げる。その意味を理解すると、傍らで心配そうにしていた春華が悲鳴を上げた。

「そんな！　あと五日って……！」

彼女は愕然と表情を引きつらせたが、突然の死を突きつけられた榮覇の表情は突如無になった。

「……本当に、俺はあと五日で死ぬのか？」

「死なせないわ」

「あんたの希望は聞いてねえ。このままだとあと五日で死ぬんだな？」

「？　……ええ、放っておけばね」

榮覇の雰囲気が急に変わったことを感じて玲琳は訝しむ。深刻な彼の表情は、命の危機に瀕した恐怖のそれではなく、腹をくくろうとしている人間のものに思えた。

「俺は死ぬんだな」

「榮覇様！」

不穏な言葉を春華が咎めたが、榮覇は彼女を無視して立ち上がった。

「あんたに頼みがある」

「何？」

「俺が死んだら春華をこの国で面倒見てくれねえか？」

突然の言葉に、春華は驚いて言葉を失った。玲琳は代わりに聞いた。

「何故？」

「…………弟が春華を気に入ってんだよ。側室にしようとしてる」

春華は心当たりがあったのだろう。ぎくりとし、気まずそうに顔を背けた。

弟の榮丹が春華と再会した時の光景を思い出す。榮丹は、兄よりも春華のことを気にかけていた。無事でよかったと彼女を抱きしめていた。

「それが嫌なの？」

「俺はあいつが気にくわない。あいつに春華を渡す気はねえよ」

彼は堂々と言ってのける。

「……春華をここの女官として雇えばいいの？」

玲琳が首を捻りながら確認すると、榮覇は険しい顔で黙考し、首を横に振った。

「いや、楊鍠牙の側室にしてくれ」

「はあ⁉ 榮覇様⁉ 何言ってるんですか⁉ 馬鹿じゃないんですか⁉」

度肝を抜かれた春華が目を剝いて声を荒らげた。

玲琳も驚いてとっさに言葉を返せなかった。

弟に渡したくないから……その代わり鍠牙の側室に……？ それはいったいどうい

う思考回路だと玲琳は困惑した。

しかし榮覇の顔は真剣そのもので、冗談を言っているようには見えない。

玲琳は少し思案し、首肯した。

「いいわ、約束しよう。けれど私がお前を救うから、この約束は無意味よ？」

「だといいな」

榮覇は鼻で笑った。

五日で死ぬと聞かされても、彼は死への恐怖を感じさせなかった。そんなことは些事だと言わんばかりに堂々としている。散々自分を救えと迫っておきながら、いざ死を前にすると彼は自分の命に執着がないように見えた。

そのことが玲琳は不思議だった。彼はあまりにも生気に満ちており、己の存在に誇りを持っており、堂々と生き生きと傲慢に己が命を謳歌（おうか）している。一見歪んでいそうにも見えるのに、彼には歪みや影というものがおよそないのだ。

燭榮覇は今死んでも悔いを残さないほど、己の人生に満足している。それが分かる。

しかしならば何故、彼は玲琳を妻に望んだのだろう？

自分の命に執着がないのなら、蠱師の玲琳に本当は何をさせたかったのだろう？

誰かを……殺したかったのだろうか？

彼の行動は不可解だった。玲琳を無理矢理連れ去ろうとしたからには、玲琳にさせたいことがあったはずなのだ。

　春華に恋慕しているという榮丹……榮覇の命を狙っているという榮丹の母……榮丹を気にくわないという榮覇……これらはどう関わりあっていて、榮覇は玲琳に何を望んでいるのだろう？

「お前は春華を、他の誰にも渡したくない——と思っているわけではないのね」

　玲琳は率直に言った。榮覇は複雑に表情を歪め、苦い笑みを浮かべた。

「そんな馬鹿げたことは考えてねえよ。俺はただ、嫌いな奴に嫌がらせしたいだけだ。俺が死ぬのに、なんで春華をあいつに渡さなけりゃならねえんだよ」

　そこでじっと黙っていた春華が口を挟んだ。

「榮覇様、私はあなたが死んだら後を追います」

　決然と言われ、榮覇はまずぽかんとし、ややあって怒りの表情へと変わった。

「……何言ってんだてめえ」

「嫌なら死なないで、生きることを考えなさい。命を簡単に投げ捨てるような物分かりのいい子に育てた覚えはありませんよ」

「俺もお前に育てられた覚えはねえな。くだらねえこと言ってねーで、てめえは一人で生きてろ！」

「嫌です」

「……だったら今すぐ死ぬか？」

榮覇は脅すように彼女へ手を伸ばした。触れれば春華も一瞬で蠱の餌食だ。

「どうぞ、あなたにそんな度胸があるとは思えませんが」

春華は怯むことなく、ずいっと前へ出る。榮覇はすぐさま手を引っ込める。

「あなたは絶対生きて飛国に帰るんです。私と一緒に帰るんです。これ以上馬鹿なことを言うと怒りますよ」

「……お前もう怒ってんよ」

そう言って彼は舌打ちした。そのまま途方に暮れたように黙り込んだ。

「心配しなくとも、私が救うと言っているでしょう？」

玲琳は彼らの沈黙に口を挟む。

榮覇はじろりと玲琳を見やる。

「……あんたに任せて……ほんとにいいのか？」

「任せなさい」

玲琳には何度聞かれても同じ答えを返す覚悟があった。

榮覇はぐっと歯嚙みして、葛藤を飲み下し——きっぱりと言う。

「俺を助けろ」

「ええ、助けるわ」

玲琳は力強く断言した。

榮覇のもとを離れた玲琳は勇ましく後宮を歩き、毒草園へと向かった。

そこにたどり着くと、毒草の茂みをかき分ける。

そこに一人の女が横たわって昼寝をしている。

「おばあさま、風邪を引きますよ」

玲琳は優しく声をかけた。そこにいるのは敵であるはずの月夜だった。

玲琳の敵対宣言を聞いた後どこかへ立ち去るつもりかと思いきや、彼女は王宮に留まっていた。彼女を追い出す力を持つ者など、そもそもここにはいない。

起こされた月夜はぱっちり目を開けて体を起こし、玲琳から距離を取って後ずさり、毒草の中へ隠れるように座り込む。容姿に際立ったところはなく、こうしているとどこにでもいるごく普通の——いや、単なる陰気な女のようであった。その中身を知りさえしなければ……

「……この毒草はとてもいい匂いがします……斎にはない毒草です……一株分けてもらえませんか……？」

月夜は毒草の陰からぼそぼそと問いかけてくる。やはり玲琳と目を合わせようとはしない。

「この毒草は暑さに弱いですから、斎の夏には耐えられないかもしれませんよ」

玲琳がそう説明すると、月夜はたちまちしゅんとなった。

「その毒は蟲殺しに使えますから、飛国の王子を解蠱するのに使おうとしました。私の頭は鈍っていましたが、方法自体は間違っていなかったはずです。それなのに、私の解蠱薬は効かなかった。あんな屈辱は初めてでした」

「……だから……あなたには無理だと言っています……」

月夜は傍らの毒草を弄びながら呟く。そんな彼女を見ていると、玲琳は自然に頬が緩んでしまう。平凡なこの女が、命の輪から外れた人外のものに思えて見惚(みと)れる。

「おばあさま、仮に飛国の王子が死ぬ前におばあさまが死んでしまったら、蠱はどうなるのですか？　例えば暗殺されたら？」

「……私は死にませんよ……」

「衛士に斬られたら？」

「……蠱が守ります……」

「他の蠱師に命を狙われたら？」

玲琳は危険な笑みを浮かべる。

「……あなたが私を殺すのですか……？　……それは無理だと思います……七年経っ

てあなたが私を超えても無理だと思います……里には毒の耐性を持った男たちが何人もいて……私を守っています……今は乾坤がついてきています……」

つまりこの世のどんな蠱師も武人も、彼女を殺すことはできないというのだ。

……本当に？

うずうずとした抗いがたい欲求が、腹の底から湧き上がる。

この恐ろしくて恐ろしくて恐ろしい女を殺すことは本当にできないのだろうか？

「……私を暗殺したいのですか……？」

玲琳の心を読んだかの如く月夜は聞いた。玲琳は真正面から彼女と目を見合わせ、心臓を摑まれるような圧力に息を吞んだ。

「……私を殺す方法はありますよ……とても簡単な方法ですが……あなたにはできないと思います……そして……私を殺せば榮覇様は助かりますが……あなたはしないと思います……」

「何故そう思うのですか？」

玲琳は冷えた秋の空気に見合わぬ汗をかきながら問うた。

「美しくないからです。私を暗殺するより榮覇様の蠱術を解蠱する方が美しいですし、このまま榮覇様が蠱術で死ぬ方がもっと美しい。だからあなたは私を殺しません。あなたが蠱師なら、美しくないことをするはずがありません。私はあなたを見誤っていますか？」

当たり前の真理を説くようなその物言いに、玲琳は唖然とし、恐怖で身震いし――観念してその場へ膝をついた。

「いいえ、おばあさまのおっしゃることは正しい。私は決してあなたを暗殺したりはしません。あなたの蠱術に真っ向から打ち勝ってみせますから」

一度頭を下げ、顔を上げてにっこりと笑う。

月夜は強烈な圧のある目で玲琳をじっと見つめ、ふいっとそっぽを向いた。

「……あなたは胡蝶とあまり似ていませんね……」

突然母の名を出され、玲琳は虚を衝かれてぽかんとした。

「そうですね、顔が似ていると言われたことはありません」

「……胡蝶は私を嫌っていました……あなたは……私を嫌っていないように見えます……」

玲琳の言葉を聞いているのかいないのか、月夜は遠くを見るような目をした。

母のことを思い出しているのだろうかと思うと、少し気になった。玲琳は自分の目から見た母しか知らない。あるいは蠱師として畏怖されていた母のことしか。

「お母様は、おばあさまを嫌っていたのですか？」

「……胡蝶は蠱毒の里そのものを嫌っていました……蠱術を極めるあまり命をすり減

らしている蠱毒の民のことを……非効率的で頭が悪いといつも言っていました……古臭い因習に囚われて現実が見えていない馬鹿の群れにいると自分まで馬鹿になるとか……そこまでやってもこの程度の術者しか輩出できない無能の集まりだとか……」

その光景をありありと想像できてしまい、玲琳は苦笑いした。

「お母様は率直な方なのです」

「……あの子が私を軽蔑していたのは知っていました……あまりに逆らうので何度も折檻（せっかん）しましたが……懲りるということを知らない子でした……私に勝てたことなど一度もなかったのに……いつも立ち向かってきました……私はあの子がとても可愛かった……けれどあの子は……里を捨てて出て行きました……」

月夜はやはり遠くを見ていた。その瞳に宿るのは虚無の色ばかりで、激しい感情はひとかけらも見いだせない。そして彼女は虚（うつ）ろなまま続けた。

「だから私はあの子を殺すことにしたのです」

陰鬱な口調が突然強さを帯び、玲琳は背筋が冷えた。

「胡蝶は掟を破りました。それは蠱師として美しくない行為です。だから殺さなければなりませんでした。美しさを捨てた蠱師に存在価値はありません」

「でも……殺せなかった？」

「……はい……殺せませんでした……私はあの子に末期の慈悲を与えてあげることが

できませんでした……蠱師の掟の中で殺してあげることができませんでした……掟を破るくらいなら蠱毒の民は滅びた方がよいのです……蠱術の美しさを守るためなら寿命を縮めても構わないのです……私は……それをあの子に与えてあげられませんでした……」

玲琳は瞠目する。月夜は本当に胡蝶を愛していたのだ。彼女にとって娘を殺すことは、罰であり慈悲でもあったのだ。穏やかにしゃべっているけれど分かる。彼女は強烈に怒り、悲しんでいる。

そこで月夜は遠くを見ることをやめ、はっきりと玲琳に視線を合わせた。

「……ですから玲琳……あなたのことは私が必ず殺してあげます……禁を破ったあなたに……罰を与えてあげます……」

禁を破った——？　玲琳は今まで出会った人々から聞いた話を思い返した。

「……国事に関与してはならない？」

月夜はこくんと頷いた。玲琳は少し不思議に思った。

「今おばあさまがなさろうとしている、飛国の王子と魁国の王妃を殺害する行為は、国事に関与することではないのですか？」

かつて斎の側室だった胡蝶を殺害しようとしたことも、それに類するのではないかと玲琳は疑問を抱いたのだ。

しかし月夜はふるっと首を横に振った。

「……私が飛国の王子を殺すのは……それが依頼だからです……私があなたを殺すのは……それが掟だからです……国事に関わるというのは自分の意思で国を動かすということで……私たちはそれを良しとしません……蠱師は依頼に従って人を呪う存在なのです……それを忘れて私欲や権力のために蠱術を使えば……蠱術は美しさを失うでしょう……それなのに……あなたは自分の意思で李彩蘭を女帝にしました……あなたが自分の意思で国を動かしたのです……だから処罰するのです……」

その言葉は玲琳の中に重く響いた。

姉の望みを叶(かな)えて鼠蠱(そこ)を作り、与えた。そのことに後悔は微塵(みじん)もない。姉こそが斎の女帝になるべき人だったのだから。

ああ……そうか……この思考こそが罪だと月夜は言うのだ。ならば玲琳は紛れもなく掟を破った罪人であろう。心から敬愛する人にそう断罪されるのは痛かった。

月夜はもう玲琳から目を逸らして、地面を見下ろしていた。その瞳に玲琳の姿は映っていない。それでも玲琳は高慢に笑ってみせた。

「できるものならどうぞ?　私はあなたに殺されたりはしません。必ずあなたの蠱術を打ち破ってみせますから。その時は……」

言いかけて、口を噤(つぐ)む。

「……その時は……何ですか……？」

顔を上げもせずに月夜は聞いた。

「何でもありません」

玲琳はふっと笑って首を振った。

「そろそろ行きます。飛国の王子を救ってやらねばなりませんので」

と、玲琳は立ち上がり、踵を返して立ち去った。

きっと彼女は自分を見ていないだろうなと思いながら。

榮覇の百足が羽化するまで残り五日。

「まずはお前の血を寄越しなさい」

玲琳は榮覇に要求した。一度は拒まれた要求だったが、今の玲琳は彼に対して容赦しなかった。

「断るなら、お前の体に人を触れさせるわ。何の罪もないこの後宮の人間を、一人ずつ蟲の贄にする。お前が泣いて詫びるまでね。人を殺したくないと思うなら、血を寄越しなさい」

「てめえ……！」

榮覇は瞬間的に激高する。しかし玲琳は歯牙にもかけない。

「お前は自分の危険性をもっと自覚するべきよ」

玲琳は彼に向かって小皿を放る。

榮覇はぎりぎりと歯噛みしていたが、玲琳が意見を撤回する気がないと分かると乱暴に皿を拾い上げ、指先を切って血を垂らした。

「あんたも旦那もいかれてやがる」

「安心なさい。別にこの血を悪用したりはしないから」

そう言い置いて、玲琳は彼を隔離している部屋から出て行った。

それから玲琳がこもったのは自室ではなく、鍠牙の部屋だった。

必要な道具や材料を全て持ち込み、玲琳は腹を据えて蠱毒に向き合った。

今までと違うのは、患者である榮覇の血が手に入ったことと、玲琳の頭がきちんと毒に魅了されているということだ。

玲琳は毒に冒された彼の血を真っ先に調べた。玲琳より遥かに強い蠱師が生んだ毒に冒された血――そう思うと鼓動が速まる。

舐めた瞬間、榮覇に飲ませた解蠱薬が効かなかった理由が分かった。

「ああ……なるほどね、だから血を渡したがらなかったのね……」

玲琳は赤く染まった唇をべろりと舐めて呟いた。

「ずいぶん楽しそうだな、姫」

話しかけられて顔を上げると、鍠牙が傍に立っていた。

「ええ、楽しいわ」

玲琳は思わず破顔した。心からの言葉だった。

毒を扱うことが……敵を屠ることが……楽しくて楽しくて仕方がない。自分はこのために生きているのだと実感する。

「いつか罰せられることがあったとしても、私は何の後悔もしないでしょうよ。その代わり、命を賭してでもあの男を救うわ」

嫣然と微笑む玲琳に、鍠牙はやれやれとため息を吐く。

「ああ、分かってるよ。あなたが敬愛するおばあさまと思う存分戦えるように、俺はできる限りのことをしよう」

「そう？　なら……一つ私のお願いを聞いてちょうだい」

「何なりと、俺の姫」

あっさりと承諾して傍らにしゃがみこんだ鍠牙に、玲琳は両手を広げた。

「毒の海に溺れさせてちょうだい」

朝日を受け、甕の中で蟲が蠢いている。

「今度こそ……強い蟲が生まれるはず……」

玲琳はそっと甕の蓋を外した。そこから現れたのは一匹の蜥蜴。おどろおどろしい文様を纏い牙と角を持つ蜥蜴だ。

「美しい子……だけどダメだわ。あなたではあの百足に敵わない……」

玲琳はそっと蜥蜴を撫でながら、口惜しげに呟いた。

あれからもう四日が経っている。明日の朝にはもう、村人たちの血肉はすすりつくされ、榮覇の百足は羽化してしまう。

この四日間、いったい幾度の造蠱をしただろう。玲琳はほとんど一睡もせずに蠱を生み続けた。生み出された子たちはいずれも強く美しかったが、あの百足を屠るには今一歩足りず、とうとう期限を目前に迎えてしまっている。

別室では榮覇と春華も寝ずに玲琳の造蠱を待っている。彼らの体力ももう限界であろう。春華は一日に何度も玲琳の様子を見に来たが、芳(かんば)しい成果を聞くことができずいつも絶望して戻ってゆく。

『羽化の術』が完成するまで、もはや一刻の猶予もない。

もっと強い蠱を生み出さねば……もっと強く……もっと美しく……この世のあらゆる毒を喰いつくすほどの毒を……

「相変わらず楽しそうだな、姫」

すぐ傍から声をかけられ、玲琳はじろりと睨む。

真横に座っている鍠牙が、玲琳にのしかかるような格好で手元を見下ろしているのだ。玲琳が閉じこもっているのは鍠牙の部屋で、この四日というもの、彼は仕事もせず玲琳に張り付いている。

「ええ、楽しいわ」

玲琳は目の前に生まれた蠱を撫でながら歯嚙みした。目の下には酷いくまができている。

「まだまだ強さが足りないのよ。おばあさまの毒百足を喰い殺すには、もっともっと強力な蠱でなければ……」

玲琳は苦々しげに……そして嬉しげに吐き捨てた。

時間が絶望的に足りない。時間さえあればいくらでも方法を考えることができるのに、明日になれば毒百足は羽化してしまう。両手で掬(すく)った水のごとく、時間はどんどん流れてゆくのだ。自分の心臓がこんなにも速く脈打つことが、憎らしくて仕方ない。なぜもっと時はゆっくりと流れてくれないのか……

玲琳が唸っていると、鍠牙はそんな妻から離れて近くの卓に置いてある湯呑をとった。それを無理やり玲琳の口元にあてがう。

「楽しむのは結構だが、声がかすれているな。少し水を飲んだ方がいい」

それどころではないと焦る玲琳は、その湯呑を叩き落としてやりたいような気持ちもしたが、悔しいことに言われてみれば喉が渇いていたので、差し出された湯呑から水を飲んだ。長いこと部屋に置かれていたその水はぬるく、撫でるように喉を通る。

玲琳が湯呑を乾すと、鍠牙は卓に置かれていた皿から饅頭（まんじゅう）を一つ摑んで差し出した。腹が減った感覚はなかったので玲琳がそれを押しのけようとするが、彼は強引にそれを口へ突っ込んだ。

仕方なく玲琳は饅頭をもそもそと飲み込む。

こんな風に、鍠牙はこの四日飲まず食わず寝ず休まずで蠱術に没頭している玲琳の、命を繫ぎ止めているのだった。

「美味（うま）いか？」

「……味がしない」

無感情に呟き、玲琳はぎょろりと鍠牙を見上げた。

「もっと甘いものが欲しいわ」

正気を失った人間の危うさで乞う。

鍠牙は僅かに引きつった笑みを浮かべた。

「しょうがないな……姫は。まあいいさ、あなたが欲しいものなら何でもあげると約束したのは俺だからな」

言って、ゆっくり舌を出す。舌の先から赤い雫が垂れる。爛（ただ）れた深紅に染まった肉には、無数の傷が生々しく刻まれている。

玲琳は膝立ちになって鍠牙に顔を近づけ、唇を塞ぐような形で彼の舌を嚙んだ。

からめとるように舐めとると、鉄臭く塩辛い油のようなその血は奇妙なほど甘い。

毒の海に溺れるのだ……この男の毒を喰らってもっと強い毒を生み出すために……

その造蠱法を閃くために……深淵へ落ちてゆく。

この行為は、まるで互いを喰らい合い毒を高めようとする毒蟲のようだ……そんなことを考えながら執拗に貪っていると、鍠牙は体を仰け反らせて逃げようとした。しかしすぐ壁にぶつかり、それ以上逃げられなくなる。玲琳は彼の胸にのしかかる格好で聞いた。

「……痛い？」

「痛いに決まってるだろ」

鍠牙は率直に答える。当たり前だ。人間の鈍い歯でずたずたに噛まれた舌の傷。しゃべることもままならないほど痛かろう。けれど彼はこの三日、玲琳のこの要求を一度も拒みはしなかった。

「このまま明日が来たら、あなたは死ぬな」

鍠牙はひとかけらの悲愴感もなく淡々と確認する。玲琳が死ぬことなどありえないと確信しているのか……はたまた玲琳の死を恐れていないのか……いずれにせよ彼は奇妙なくらい落ち着いていた。

そのことに玲琳の胸中は幾度も警鐘を鳴らしたが、それを相手にする余裕はない。

それより何より、今は目の前の毒に酔い痴れていた。

「死んでほしくなければお前を差し出せと言っているのよ」

「こんなものが美味いのか？」

「極上だわ」

　玲琳は目元をほころばせる。

「こんなことが楽しいのか？」

「楽しいわ。あんまり楽しくて楽しくて……このままお前を喰らいつくしてしまいたいくらい」

「それは魅惑的な申し出だ」

　苦笑する鍠牙の襟を引く。

「それならもう一度舌を出して。まだ溺れ足りない」

「はは……俺を喰い殺すのか？　あなたは本物の魔物だな」

　揶揄するように言い、口の端から血を流しながら鍠牙はまた舌を出す。その表情には苦痛が刻まれ、全身に脂汗をかいている。しかし玲琳は彼の痛みを優しく包んで脇へ置き去り、再び牙を剝いた。

　毒の海に溺れるのだ……その底にあるものだけが玲琳を蠱師たらしめるのだから。

その夜、玲琳は夢を見た。
暗い海に沈み、音もなく感触もなく揺蕩っていた。
目の前には漆黒の丸いものが浮かんでいる。
まるで黒く大きな真珠のようだ。
気付くとその真珠の周りには、小さな蟲たちが集まっていた。
無数の蟲たちはぞろぞろと真珠に群がり、小さな口で真珠に牙を立てた。
ばりばりばりばり……真珠は喰われてゆく。
その様を見て玲琳は優しく微笑んだ。
『いいのよ……好きなだけ食べなさい……』
囁きはこぽこぽと泡になって消えてゆく。
真珠が喰らいつくされると、その海にはもう何もなくなってしまった。
真っ暗な海の底で、ようやく己のすべきことを悟った。
玲琳はそこではっと目を覚まし、自分がうたたねをしていたと気が付いた。
己を顧みてみれば、鍠牙の膝に座って抱きかかえられるように眠っていたらしい。
「……夢を見たわ」
玲琳は呟いた。毒の海に溺れながら、玲琳は確かに夢を見た。鼓動が異常に速まり、全身に汗をかいている。

「どんな夢だ？」

「……夢の中で確かにはっきり分かったの。おばあさまの蠱は強すぎて、このままではとても敵わないと」

「つまりあなたは死ぬのか？」

鍠牙は淡々と聞いてくる。やはり悲愴感の欠片（かけら）もないのが彼らしかったが、何故か玲琳は妙に危ういものを感じた。それを振り払うかのごとく首を横に振る。

「死なないわ。このままでは敵わない——と言ったのよ、このままではね。だから私は今までの私を捨てることにするわ。そうしておばあさまの蠱にも勝る強い蠱を作る。その方法を、今夢に見たのよ」

瞳に危険な光を閃かせ、玲琳は拳を握った。

「お前もここにいて。私がやることを最後まで見ていて」

うっすらと微笑む。

「ああ、俺は姫の蠱のようなものだからな」

鍠牙はそう言って玲琳の頬を撫でた。

玲琳はそれから一匹の蠱を造蠱した。それはとても人には見せられぬ光景だった。醜悪で悍ましいその造蠱の様を、しかし鍠牙は止めることも、非難することも、目を背けることすらもしなかった。

姉の彩蘭であれば……どんな手を使ってでも玲琳のこの行為を止めただろう。母の胡蝶であれば……厳しく叱責して酷い罰を与えたかもしれない。

けれど鍠牙は……彼は玲琳の全てを呑み込んだ。この世でこの男だけが、蠱師である玲琳のこの行為を受け入れた。

深夜——蠱が完成すると玲琳は立ち上がった。外はもう真っ暗だ。

「飛国の王子のところへ行くわ」

そう言って出て行こうとするのと同時に、部屋の扉が突然開いた。

薄暗い部屋に駆け込んできたのは春華だった。

「榮覇様の姿が見えないのですが、こちらには来ていませんか!?」

彼女は叫びながら室内を見回し、床に散った赤黒い血痕に息を呑む。それがどのようにして出来上がった惨状なのか、無論春華には分かるまいが。

頭が高速で回転している玲琳は、すごい勢いで春華に詰め寄った。

「何ですって？　あの王子がいなくなったということ？　何があったの？」

「わ、分かりません……少し目を離した隙に、榮覇様が部屋からいなくなってしまって……辺りを捜してみても、見つからなくて……」

説明する春華の表情は険しい。玲琳の顔も自然と渋いものになった。

　今の榮覇は触れた相手に毒蟲の卵を産み付ける毒の源だ。そして、夜明けまでに解蠱されなければ死に至る極限状態にある。絶望し、やけになっていれば何をしでかすか分からない。手当たり次第に毒を広げようと考える恐れもある。

　しかし、そこで玲琳は腹をくった榮覇の態度を思い出した。死を恐れる気配のない、覚悟を決めた彼のことを。彼は人に被害を広げようなどと考えるだろうか？

　玲琳が思案していると、物々しい雰囲気で衛士が部屋に駆け込んでくる。

「お妃様！　先ほど飛国の王子殿下が城門を襲い、単身で出て行かれたとの報告が上がりました！　王子殿下に触れてはならぬというお達しでしたので、門番は止められなかったようです」

　やっぱり――！　と、玲琳は苦々しく納得した。今の彼を何者かが無理やり連れ出すのは困難だ。いなくなったとしたら自分の足で出て行ったとしか考えられない。

　あのように危険な体で、いったい何をしようというのか……

「……榮覇様……いったいどうして……」

　絶望的に呟く春華を見て、玲琳ははっと気が付いた。

　榮覇が死んだら自分も死ぬと春華は言った。榮覇がそれを阻止したいと思うなら、自分の死を見せまいとするはずだ。行方不明になれば、死んだことは証明されない。

　彼がどう言おうと、どんな態度をとろうと、春華を特別に大切に想っていることは明らかだった。その感情に何という名をつければいいのか玲琳は知らないが、死を前にした榮覇はきっと、春華のことを考えただろう。

「どうしよう……このままじゃ榮覇様が死んじゃう……」

　春華はガクッと膝を折り、床に座り込んだ。虚ろな瞳はもう何も映していない。

「いいえ、死なせないわ。夜明けまでに見つけ出して私が解蠱する」

「……どうやって？」

　春華は俯いたまま聞いてきた。玲琳にはもう何も期待できないという風に。

「夜が明けてしまったら、榮覇様は死ぬんでしょう？　お妃様は何もできなかったじゃないですか！」

　責め立てる春華の声は次第に震え、今にも泣きだしそうになった。

　いける——と、玲琳は思った。春華の目の前にしゃがみこみ、彼女の肩をきつく摑んだ。一瞬表情を歪めて顔を上げた春華に玲琳は問う。

「お前は主を救うために命を懸ける覚悟はある？」

　問われた春華はしばし固まり、たちまち眉をつり上げた。

「そんな覚悟はとっくの昔に決めています。だけど……」

「ならば助けられる。私と一緒に来なさい。お前の命をもらうわ」

　反駁（はんばく）の隙を与えず、玲琳は重々しく命じた。

「姫、捜索隊ならすぐに用意できるぞ。女官殿を連れていくなら馬車も用意しよう」

鍠牙はたちまち玲琳の意図を汲み、そう提案してくる。

彼は無類の馬鹿だが、頭の回転は速く行動も早い。しかし蠱師の力をいささか見くびっている――と玲琳は思った。

「いいえ、そんなものは必要ないわ。あの男の血なら一度採った。私はあの男の血を握っているの。どこへ逃亡しようと、私の庭で走り回っているようなものよ。居場所など一呼吸で見つけられるわ」

妖しい笑みを浮かべてすっくと立ちあがる。

「さあ、あの男を助けに行きましょう」

何故だかずっと、頭のどこかが警鐘を鳴らしている。

この嫌な予感はいったいどこから来るのだろう？

玲琳は深夜の都を馬で駆けた。馬の前を飛ぶのは一匹の蜂。榮覇の血を与えられたこの蜂は、彼を呪うべく夜空を飛んでいる。

そして玲琳の後ろには二頭の馬が続いており、鍠牙と春華がそれぞれ跨っていた。

馬に乗って大丈夫なのか――と鍠牙は途中何度も聞いてきたが、玲琳は軽快に馬を走らせることでそれに答えた。

蜂が向かったのは王都の外れ、治安の悪い地域だった。

たどり着いた街の通りには、深夜だというのに人の姿がある。薄明かりのなか客を迎えている店もある。過剰に不潔というわけではなかったが、玲琳が今までに見てきたどの場所よりうらぶれている様に思えた。奇妙な色艶と貧しさが同居している。

蜂の飛行速度が弱まったので、手綱を引いて馬の脚を緩めると、鍠牙がこの場所は裏街と呼ばれているのだと説明した。やくざ者などが多く、あまり長居をしない方がいいのだと。

馬を歩かせながら蜂を追っていると、裏街の人たちがじろじろと眺めてくる。玲琳たちの姿はとてもこの場所に相応(ふさわ)しいものではなく、人目を引くのは当然だった。

「襲ってきたら大変ね」

玲琳はぼそりと零した。

「俺が守るから問題ないさ」

鍠牙は腰に吊(つ)った剣を軽く握る。

「襲ってきた可哀想な人たちを蟲の餌食にしてしまったら大変ね」

玲琳はため息まじりに言い直す。

「俺が守るから問題ないさ」

鍠牙はまた同じことを言った。

「お前が私の蟲に勝てるかしら？」

「……お妃様、魁王陛下、つまらない冗談を言うのはやめてください」

苛立ちを込めて春華が水を差す。しかし玲琳は真顔で言い返した。

「私は冗談など言わないわよ。そのくらい危ない場所という話をしているの。そういう場所にあの王子は一人で来たのよ。そのくらい、お前に死ぬところを見せたくなかったのでしょう」

その言葉に、春華の顔は泣きそうなくらい歪む。

「あの人は……馬鹿なんです」

「ええ……もう一度確認するけれど、その馬鹿を助けるために命を懸ける覚悟は本当にあるのね？」

今更できないと言われても困る。玲琳は彼女の命を勘定に入れてこの解蠱法を編み出したのだから。

春華は硬い表情でしばし黙り込んだ。

よもや否定の言葉を吐き出すのではないかと玲琳が疑い始めた頃、春華は荒れた唇を動かした。

「あんな迷惑な人……他にいませんよ。子供の頃からずっとそう。私はいつもいつもあの人の尻拭いばっかり」

ぽつりぽつりと思い出を零す。

「毎日毎日……春も夏も秋も冬も煩わされ続けて、私の暮らしはあの人でいっぱいですよ。本当に……なんていい迷惑」

言葉を重ねるうち、ふつふつと怒りのようなものが混じり始めた。

「言っておきますけど、あんな身勝手で我儘ではた迷惑な人、私は少しも好きじゃありません。私を怒らせるために存在しているんじゃないかと思うくらい腹が立ちます。だけど……私はもうあの人がいない世界を想像できない。命を懸けるのにそれ以上の理由が必要ですか？」

問いかけと共に春華は玲琳を見据えた。挑みかかるようなその瞳に、玲琳はゆっくりと首を振った。

「上等よ。お前の命、確かに預かったわ」

そこで蜂がぶうんと羽を大きく鳴らし、毒針を鋭く前に突き出した。それが合図と察し、玲琳は辺りをきょろきょろと見回す。暗い通りの先に、白くて大きな塊がひらひらゆらゆらと浮かんでいた。目を凝らしてみると、誰かが頭から布を被り歩き回っているのだと分かった。

「見つけたわ！　燭榮覇！」

玲琳は蜂が彼を襲う前に手元へ戻し、びしっと白布を指さした。

夜空に響く大声に白布はびくりと飛び上がり、勢いよく振り向く。

「榮覇様！」

白布から覗いている彼の顔を見て、春華が悲鳴とも歓喜ともつかぬ声を上げた。

榮覇の表情はたちまち極限まで苦いものになり、脱兎のごとく逃げ出した。

「お待ち!!」

玲琳は馬を駆って榮覇の後を追うが、彼はすぐさま細い路地に駆け込んでしまい、馬で追うことは困難になった。

「馬を置いていくわよ！」

言いながら馬を捨て、玲琳は地面を駆けって路地に入り込む。春華がすぐ後から追ってきた。

「榮覇様！　どうして逃げるんです！　止まってください！　治療を受けてください！　あなたは絶対死んだりしないんですから！　私が死なせない！」

春華は全力で走りながら叫んだ。その声は辺りに響き渡り、近くの家や店からぞろぞろと人が顔を出した。

「くそっ……誰も来るんじゃねえよ！　殺すぞ！」

榮覇は苦々しげに叫んだ。殺意を意味するその言葉は人を寄せ付けぬ結界のようでもあり、また非力な懇願にも聞こえる。この男が人を巻き添えにすることを恐れているのが、ありありと感じられる。

「誰も殺させたりなんかしない！　あなたも死なせない！　だから止まってください、榮覇様！」

春華はなおも呼んだ。その声は榮覇よりずっと大きく、誰もが思わず足を止めてしまいそうなほど強かったが、榮覇はほんの少しも足を緩めることなく駆け抜けて大通りへ出ようとした。

しかし大通りへ出た途端、巨大な影が榮覇の前に立ちはだかった。榮覇はそれにぶつかる寸前でとっさに布を被り直し、避けながら地面に転がった。

「愉快な鬼ごっこだな、榮覇殿。時々は童心に返るのも悪くないというものだ」

鷹揚に声をかけたのは馬に跨った鍠牙だった。

「お前……よく……先回りできた……わね……」

ようやく追いついた玲琳は、ぜいぜいと息をしながら鍠牙を見上げる。

「国の地図くらい頭に入っているさ」

鍠牙はこのくらいなんでもないというように軽く笑うが、裏街の狭い路地まで記憶しているなんて物好きとしか言いようがない。

するとそこで、近所からぞろぞろ人が集まってきた。何の騒ぎかと警戒心を纏わせた裏街の人々である。気休めに棒や箒を摑んで集まった彼らは、馬上の鍠牙をじろじろと警戒するように見上げ、あっと声を上げた。

「ありゃあ……国王陛下じゃねえか」

「こんな時間にこんなとこで何やってんだ？」

たちまち辺りはざわつく。鍠牙は頻繁に都の視察などをしているというから、顔を覚えている者もいるのだろう。斎と違い、魁王の視察は市民の娯楽の一つでもあるらしく、それは裏街でも同じとみえる。

「いったい何があったってんだ？　王様がこの男を追いかけてるのか？　まさかこいつ……罪人か何かか？」

「そうに違いないぜ！　こいつさっき、殺すぞとか叫んでただろ」

人々はにわかに殺気立った。個を失い、良識や判断力を集団へと預けた彼らは、蟲のような目で榮覇を見下ろす。

棒や箒を握る彼らの手にぐっと力が込められる。彼らが榮覇に襲い掛かろうとしたその一呼吸前、玲琳は大きく手を振った。

「出て！」

短い命令に応じ、玲琳の袖から百を超える蛇が飛び出した。にょろにょろと地面を這う大小様々な蛇蠱を見て、人々の殺意は瞬く間に霧散する。蛇たちは気色悪くうねうねと這いまわると、一塊になって巨大な蛇の形を作った。遠目には一匹の大蛇――しかし近くで見ると無数の蛇が血管のごとく蠢いている。

「う……ぎゃあああああ!!」

人々は本能的な恐怖のまま、蜘蛛の子を散らすように逃げ出した。

「あの女! お妃様だ! 蠱師のお妃様だ!」

「やっぱりお妃様はバケモンなんだ! すっげえ!」

距離をとって玲琳を観察している幾人かが叫んでいる。魁の王妃が蠱師であることはここまで伝わっているようだが、自分の評判がどこまで落ちようが玲琳にはどうでもいいことだった。そんな些事に関わっている暇はない。玲琳は明るくなり始めた東の空を見上げる。

「もうすぐ夜が明けるわ。王宮へ帰っている暇はない。ここで解蠱するわよ」

地面に倒れた榮覇は、白布の隙間から玲琳を睨み上げる。

「冗談だろ。今の今まであんたはこの毒に手も足も出なかったじゃねえか。今更どうやって解毒するってんだ?」

彼の瞳にはもはや疑念しかなかったが、絶望して我を忘れているという風ではなかった。そこには明確な覚悟のようなものが宿っている。その覚悟に従って、彼はここまで来たのだろう。しかし玲琳はその覚悟をへし折る覚悟だった。

「解蠱はできるわ」

「……本当にできんのか？」

なおも疑る榮覇の傍に、春華が跪いた。

「できます。私が生贄になりますから……それであなたは助かります」

決然とした彼女の言葉に、榮覇は凍り付いた。意味を理解し損ねたのか、しばしそのまま固まると、鈍い動きで玲琳を見上げた。玲琳は肯定を示すようにゆっくりと頷いた。それを認識した瞬間、榮覇は弾かれたように立ち上がった。

鍠牙が馬を動かし、反射的に榮覇の逃げ道を塞いだ。榮覇はぎょろぎょろと眼球を動かして、すぐ隣にあった壊れかけの空き家へ駆け込んだ。

「待ちなさい！」

玲琳はすぐさま後を追う。鍠牙も春華もそれに続いた。榮覇は空き家の二階へと駆け上がり、逃げ込んだ部屋の戸を閉めた。つっかい棒をされたのか、家具でも置かれたのか、玲琳が開けようとしても部屋の戸は動かない。

「あの男……ここで死ぬ気ね」

玲琳は品がないと知りつつも、思わず舌打ちをしてしまう。

「姫、どけ」

鍠牙が玲琳を押しやり、部屋の戸に体当たりした。腐りかけていた空き家の戸は呆気なく砕け、防壁よろしく置かれていた卓と共に吹っ飛んだ。

榮覇は仇敵(きゅうてき)を見るような目で玲琳と鍠牙を見た。意図的に春華の方を見まいとしているようでもあった。逃げ場がなくなったと知っても榮覇は諦めず、必死に辺りを見回して部屋の窓から身を乗り出した。

玲琳は一瞬彼が飛び降りる気かと焦ったが、榮覇は窓から庇を伝って屋根へと上がった。どうやら屋根伝いに逃げようとしている。

「逃がしてはダメよ！　捕まえて！」

玲琳はぴっと窓を指して鍠牙に命じた。

「仰せのままに、姫」

鍠牙はしかつめらしく応じ、身軽に屋根の上へと上がる。

「ちょっと待って！　私も連れていきなさい！」

自分がいなければどうにもならないのだからと、玲琳は急ぎ窓から身を乗り出して手を伸ばした。

鍠牙が屋根の上からその手を取り、強い力で玲琳を屋根の上へ引き上げる。

「あの女官もよ。あれは私の蠱術に必要な最後の呪物。持ってきて」

玲琳が春華を示すと、鍠牙はすぐに彼女のことも屋根の上へ引っ張り上げた。

半月が見下ろす屋根の上で、三人はようやく榮覇を追い詰めた。隣の家の屋根までは距離があり、屋根伝いには逃げられそうもない。

「……いいかげんにしろよ」

　どこまでも追ってくる三人を見て、榮覇は苦々しげに言った。ここまできても、彼はまだ白い布を体に巻き付けるように被っていた。決して人に触れないよう……人に毒を撒き散らさぬよう……それが燭榮覇だった。

「お前を解蠱する。ここへ来なさい」

　玲琳は横柄に己の足下を指した。

「春華を生贄にして——か？　嫌だね」

「従わないなら仕方がないわ。鍠牙、あれを捕まえて」

　当然のごとく返ってきた拒絶を受け、玲琳は淡々と命じた。

「人使いが荒いな」

　鍠牙は嫌味っぽく言う。

「お前は……人ではないからね。さあ、あの男を捕まえて」

　嫣然と微笑を添えて玲琳は再び命じた。

　鍠牙はほんのわずか目を見開き、陶酔するような笑みを浮かべた。

「仰せのままに、俺の姫」

　そう言って、彼はゆっくり榮覇に近づく。榮覇は背後をちらと見て、途切れた屋根の向こうにはもう何もないことを確かめると、鍠牙に向き直った。

「……死にたくなけりゃ俺に触るな」

「残念ながらその毒で俺は殺せない。俺を殺せるのは姫の毒だけで、その毒では無理だ。蠱毒の民の里長が作った毒だったとしてもな」

鍠牙は平然と歩みを進めた。不安定な足場でも、まるで平地を歩いているかのようだった。

榮覇はぎりと歯嚙みして、布をきつく体に巻き付け、鍠牙に思い切り体当たりした。が、それは鍠牙の想定の範囲内だったらしく、鍠牙は素早くそれを避けると、足をとられて倒れかけた榮覇を布ごと抱え上げ、ひっくり返して屋根の上に叩きつけた。

「あ！　馬鹿！」

玲琳は思わず声を上げた。

投げられた勢いで榮覇の白布が剝がれ、風に飛ばされる。

「触ってはダメよ！」

玲琳はとっさに鋭く命じた。鍠牙は屋根に倒れている榮覇からすぐに手を離し、触れることを避けた。榮覇は意識を保っているようで、呻きながら体を起こそうとした。

もう一度捕まえろと言うべきかどうか一瞬迷った玲琳より速く――その場の誰よりも速く――動いたのは春華だった。

　春華は屋根の上を滑り落ちかけながら必死で走り、起き上がろうとしている榮覇に抱きついた。決して逃がすまいと強く押さえ込む春華の肌は、榮覇に触れた。

「やめろ！」

　榮覇は一瞬で理性を失い、悲鳴のような声を上げたが、それでも春華は榮覇から離れなかった。

「お妃様……これでいいんですよね？」

　毒の卵を産みつけられる苦痛で顔を歪めながら、春華は問う。玲琳はその決意を称賛するように口角を上げた。

「上出来よ」

　玲琳は急いで二人に駆け寄った。危うく滑り落ちかけるところを鍠牙に支えられて傍まで行くと、榮覇に抱きついている春華の背に手を当てた。

「繋ぎなさい……これは彼の肉……彼の臓腑（ぞうふ）……彼の血よ。繋げ……隙間なく、偽りなく、一つの肉として繋げ！」

　玲琳の手のひらから巨大な蛞蝓（なめくじ）がぬめり出る。それは春華の肉を穿（うが）ち、腹を突き破り、榮覇の腹にめり込んだ。その激痛に貫かれた二人は呻き声を上げる。

　玲琳は春華から手を離し、榮覇の開いた口を己の口で強制的に塞ぐと、そこから生み出したばかりの蟲を送り込んだ。それは指先に乗るほど小さい……蟻（あり）だった。小さな蟲が無数に注がれる。百万匹の蟻の群れ――

「があああ!!」

榮覇は絶叫する。その絶叫は夜空を震わせ、裏街に響き渡った。

肺の空気が尽きると、榮覇は全身の力を抜いてぐったりと倒れこむ。同時に彼の口から、巨大な百足が這い出てきた。

りりん……りりん……か細い鈴の音が聞こえた。

そこに横たわるのは人の身の丈よりもはるかに長く、黒光りする巨大な毒百足。百足は蟻に襲われながらのたうち回っている。玲琳はその体を見つめ、うっとりと目を細めた。

本当はこれを屠るつもりだった。粉々に砕き、喰い散らかしてやるつもりだった。だけど……

「美しい蟲……このまま消してしまうのは惜しいわ。あなたが欲しい」

無理矢理追い出され暴れまわろうとする毒百足に、玲琳は手を差し伸べていた。蟻は蠱師の意をくみ百足から離れる。

玲琳はその黒い体に見入った。どうしてもこの蟲が欲しい。技術では遠く及ばずとも、七年の歳月が隔たっていようとも、この血は蠱師の女王の血を継いでいる。

「……私のもとへおいで……私はあなたの主に連なる者よ。この血に惹かれるならここへおいで……」

甘やかな囁き声に、百足は暴れることをやめた。ぞろりぞろりと屋根を這い、玲琳に近づくと、品定めするように周りをぐるぐる回る。

「可愛い子ね……いらっしゃい。私があなたを喰らってあげる」

玲琳が優しく手を差し伸べると、百足はとうとう玲琳の体に纏わりつき、締め付けるように這い上り、胸元から衣の内側へと入ってゆく。とてもそんな狭い場所へ入れるとは思えない巨大な体が、しゅるしゅると吸い込まれるように着物の中へと消えてしまった。

それを確かめると、玲琳は再び春華の背に触れる。二人を繋いでいた蛞蝓がずるりずるりと身体から抜けた。肉を通った証にぽたぽたと血が滴ったが、傷一つ負ってはいなかった。

榮覇と春華は折り重なって意識を失っていた。

蛞蝓は玲琳のもとに戻ってくると、首筋にぐるりと巻き付いた。主人を温めようとしているかのようだ。玲琳は体を震わせながら屋根に座り込む。冷たく凍えた手足の震えはしばらく収まりそうになかった。

「やったのか？」

鍠牙が腕組みして聞いてきた。

「……ええ。喰ったわ」

「あなたに産みつけられた幼蟲は？」

聞かれて玲琳は自分の胸を押さえた。そこに閉じ込めていたはずのものを探る。しかし檻の中は空で、何も残っていなかった。

「消えたわね」

そこでようやく鍠牙は安堵の息をつき、目の前にしゃがみこみ、突然両腕を広げた。それは玲琳が鍠牙を抱きしめてあげる時の合図と同じだったが、彼の方からそういう行動をとるのは珍しかった。

「何？」

「姫、俺はあなたを誇らしく思う。あなたが蟲師で、俺の妻で、途方もない魔物であることを誇りに思う。だからあなたを抱きしめてもいいか？」

真顔でそんなことを言われ、玲琳は目をぱちくりさせると吹き出した。

「許すわ」

玲琳の許しを得ると、鍠牙は玲琳を抱き寄せた。息が苦しいほどに強く抱きしめられて玲琳は顔をしかめたが、放せとは言わなかった。

多分一番安堵しているのはこの男だろうから……

そうしていると、小さな呻き声をあげて榮覇が目を覚ました。彼は自分の上に倒れている春華に気づくと真っ青になって肩をゆすり、呼吸をしていることにほっとする。

次いで玲琳と鍠牙を見上げ、最後に遠くの空を見た。

赤かったその瞳は元の漆黒に戻っていた。

「夜が明けてやがる……俺は死なずに済んだのか？」

朝日を浴びつつ彼は呟く。

「ええ、お前は死なずに済んだのよ」

玲琳は堂々と頷いた。しかし鍠牙がいまだ玲琳を放そうとせず屋根の上で抱き合ったままだったので、威厳を感じさせるどころか少々間抜けではあった。

榮覇は上体を起こして膝にずり落ちた春華の背に手を当てた。現実感がないのか、そのままぼんやりしている。

「お前に巣くう蠱を打ち破るために、私は極限まで毒を強めた蠱を生んだわ。お前一人の体ではその痛みに耐えられなかった。だからその痛みを半分、生贄になった春華が引き受けたの」

説明された榮覇は春華の背に置いていた手をきつく握った。俯いて、彼女を巻き添えにした後悔に耐えているようだった。

そのまま長い間、榮覇は動かなかった。空がずいぶんと明るくなってきて、また人が集まってくるのではないかと思われたその時、彼はようやく顔を上げて玲琳の方を見た。

「なあ、俺の嫁になってくれよ」

　突然そんなことを言いだす。

「あんたのおかげで俺は助かったんだ。これからもあんたがいりゃあ、俺の身に降りかかる危険はずっと少なくなるってことだろ？　やっぱりあんたが欲しい。俺はどうしてもあんたを嫁にして連れて帰りたい」

　性懲りもなく榮覇は宣言した。玲琳は呆気に取られてとっさに言葉が出てこなかった。さっきまで死を覚悟していたくせに、すぐそう思考を切り替えられるのか……この男の頑強な精神に、玲琳はある種の感動すら覚えていた。

　榮覇は本気らしく、真っ向から玲琳を見ている。玲琳は彼を見つめ返し、しばし言葉を考えた。鍠牙をぐいっと引き離し、榮覇に正対して率直に答える。

「私はお前に興味がないし、何より金のかかる女なの。お前ではとても私を満足させられないでしょうよ。だからお前の嫁にはならないわ」

　その言葉は榮覇を納得させられなかったらしく、彼は不満げに目を眇(すが)めた。

「どういう意味だ。貧しい蛮族の王にできることが、俺にできねえって？」

全く悪意を感じさせずに榮覇は魁を貶(おとし)める。玲琳はそういう彼が嫌いというわけではなかったから、興味を持てないながらも誠意を尽くした。

「だってお前は、飛国王家の血を引いていないでしょう？」

　言わねば納得させられないなら、はっきり言ってしまおうと思った。

　たちまち栄覇の表情は凍り付く。

「……何の話だ？　あんた頭がおかしくなったのかよ」

「私は蠱師だわ。蠱師に血を渡すということは、全てを覗かれることと同じなのよ。私はお前と弟の血を受け取った。舐めれば血の繋がりくらいは分かるの。お前と弟は血が繋がっていなかったわ」

　最初に解蠱薬を作った時、それが効かなかったのは当たり前だ。あの解蠱薬は栄覇と栄丹の血の繋がりを基にして作っている。だが、元々血の繋がりがないのならばまともな解蠱薬ができるはずはなかったのだ。

「……俺とあいつは母親が違うからな、当たり前だ」

　栄覇は警戒心に満ちた目を玲琳に向けながら言い訳する。その態度で、彼が己の血筋を理解しているのだと分かった。

「いいえ、お前と弟は全く血が繋がっていない」

　玲琳は譲らず断言する。

「お前の弟は飛国王と顔が似ているらしいから、お前の母が不貞を働いたというところかしら？　まあどうでもいいわ。だけどそれが知れたらお前は王子の地位を失うかもしれないわね。飛国の王妃はお前を酷く憎んでいるのでしょう？　追放されるかもしれないわ。だから私はお前の嫁にならないの。お前が私を好きになるはずないのだから、愛だの恋だのを求めるのは不毛なのよ。私のために金を使える男でなければ、私は嫁がないわ」

玲琳は胸を押さえて言い切った。

並の男が玲琳を好きになるはずはない。母の言葉を玲琳は今でも信じている。

玲琳に執着する鍠牙の方がどうかしているのだ。彼のような変態がいるだなんて、さすがの胡蝶も想像できなかったことだろう。

「姫……あなたは今ものすごく失礼なことを考えていないか？」

勘のいい夫はじろりと妻を睨んだ。

「ごく当たり前のことを考えていただけよ」

玲琳は平然と答え、屋根の上で立ち上がった。険しい顔の榮覇を見下ろす。

「だから私はお前の嫁にならないわ。お前の血筋がどうこうと言いふらすつもりもないから安心なさい。何度も言うけれど、私はお前に興味がないのよ」

彼を安心させるように玲琳は強く言い切った。

その強さに慄き、榮覇は後ずさりしながら膝の上の春華を庇う。その姿を見ていて、玲琳はふと思った。まるで姫を守る従者のようだ……と。そういえば、榮覇は事あるごとに春華を守ろうとしていたな……と。自分の命よりも春華を優先して、自分が死んだあと鍠牙の側室にしてほしいとさえ言ったな……と。

玲琳の首にはいまだに蛞蝓が巻きついている。春華の血を滴らせた蛞蝓が。その血の匂いが鼻をくすぐる。何げなく、ごく自然に、ほとんど無意識の動きで、玲琳は蛞蝓についたその血を指でなぞり、口に含んでいた。

血の味が舌に広がり、匂いが鼻腔に抜ける。その途端、玲琳は彼の行動の全てを理解した。

「ああ……飛国王家の血を引いているのは春華の方だったのね」

思わず零れた呟きに、榮覇は愕然として玲琳を見上げた。

彼は紛れもなく姫を守る従者だったのだ。

昔々のお話です。この国の王と王妃は、昔からとても仲睦まじい夫婦でした。

王妃は王を心から慕っており、王はそんな王妃を慮って、長く側室を持つことはありませんでした。

それが崩されたのが二十年前のことでした。

若く美しい巫女に惹かれた王は、彼女を側室にしてしまったのです。

側室はすぐに王の子を孕(はら)みました。

王妃はとても悲しみました。悲しんだ末に、子が生まれないよう側室を毒殺しようとしたのです。

毒は何度も何度も仕込まれて、何人もの毒見役が命を落としました。

とうとう側室も毒に倒れ、命の危機に瀕します。

けれど側室は、最後の力を振り絞って子を産み落としました。

飛国の王室では、出産を生家ですることになっていましたから、側室が子を産んだのは王宮の外でした。王妃に疎まれ親にも縁を切られていた側室は肩身が狭く、子を産んだのは町はずれの小さな屋敷でした。ろくに産婆にも付き添ってもらえず、子を取り上げたのは乳母として雇われた女一人でした。

乳母は敬虔(けいけん)な信徒でしたから、巫女だった側室を尊い血筋として慕っていました。

けれど子を産んで間もなく、毒に冒された側室は息を引き取ってしまいます。

この子を守ってほしい……それが最後の言葉でした。

生まれたのは可愛らしい女の子でした。

姫を守らなければならないと、乳母は強く思いました。

王妃はもう側室への憎しみと悲しみに囚われて正気を失っていて、生まれた姫にも刺客を送ってきました。

姫を守らなければならないと、乳母は必死に思いました。

命がけで刺客を刺し殺しました。

きっと今後も幾度となく、姫は命を狙われることでしょう。

姫を守らなければならないと、乳母は何度も思いました。

乳母は子を産んだばかりで、傍には自分の産んだ男の子がいました。

何としてでもどうやってでも姫を守らなければと、乳母は強く……必死に……何度も思いました。

どんな生き方でも構わない。姫でなくとも構わない。尊い血筋のこの姫を、決して死なせてはならない。何としてでも幸せにしてあげなければ――

生まれた赤子は男の子だった――と、乳母は王宮へ知らせました。

そうして乳母は自分の子と姫を取り換え、王宮に戻ったのです。

そうして取り換えられた乳母の子があなただ――と、華祥は榮覇に言った。物心つくころからそう聞かされて育った榮覇にとって、春華こそが唯一の姫だった。

高貴な王と尊い巫女の間に生まれた至高の姫。

母の華祥は厳しかったが優しかった。お前を生贄にしてごめんねと、時々謝りながら榮覇を抱きしめた。謝る必要なんかないのになと、榮覇はいつも思ったものだ。

本当の母が生きて自分を抱きしめてくれていることが嬉しかったし、母の死を知らぬまま自分を乳母の子だと信じている春華こそいたわしいと思った。

自分は春華を守るために生まれた男だ——榮覇がそう思うのに長い時間はかからなかった。

本当のことを知っているのは自分と華祥だけ。ならば決して真実がばれないよう、榮覇は飛国の王子になろうと決意した。

王子であることを疑われないほどの高慢さ。しかし王位を与えようとは思えないほどの愚かさ。そして下手に手を出してはならぬと思わせる危うさ。それが春華を守る盾だ。

春華は何も知らない。何も知らなくていい。姫が何も知らず平和で幸福でいてくれることが、榮覇の喜びで存在意義だ。

全ての行動は姫を守るために——強い妻を求めることも、春華を常に目の届く位置に置いておくことも、一挙手一投足の全てが彼女を守るために——

王妃に命を狙われるのは恐ろしかったが、辛くはなかった。むしろ気の毒な女性だとすら思っていた。しかし、春華の正体がバレれば必ず王妃は春華の命を狙うだろう。

だから哀れではあっても敵だった。

弟王子には申し訳なさもあった。けれど、彼に春華を渡すことはできない。春華は彼の姉なのだから——。側室にするなど許されない。だから彼も敵だった。

飛国の全員を敵にして、榮覇は春華を守ってきた。

だけど時々、自分はただ大事な女の子を守って悦に入っているだけの、馬鹿な男なのではないかと思うことがある。

本当の自分は乳母の息子で、姫と釣り合う男ではないのだけれど、春華があんまり傍にいるから、時々錯覚してしまうのだ。

それを自覚する時、榮覇はどうしようもなく恥ずかしい気持ちになって、部屋中をごろごろ転げまわったりする。

そしてまた姫を守る従者の鎧(よろい)を身に纏い、余計にカッコつけるのだ。

自分のこういう人生を、榮覇はとても気に入っている。

だから春華の安全を脅かすものは、誰であっても敵なのだ。

その動きは唐突だった。

栄覇は春華を屋根に横たえ、ズタボロの体で玲琳に飛び掛かってきた。

あまりに突然すぎて玲琳は反応できずにいる。

術者の危機を感じ取った蟲たちが袖からのぞいたが、それより早く鍠牙が栄覇を屋根に押さえつけた。

体重をかけてうつ伏せに押さえ込まれ、栄覇は苦しげな声を漏らした。

「何だ？　せっかく助かったのに、やはり死にたいのか？」

鍠牙は不穏なことを尋ねる。栄覇はぶるぶると拳を震わせ、悔しげに玲琳を見た。

「説明しなくてもいいわよ。誤魔化す必要も命乞いをする必要もないわ。お前と春華がどうして入れ替わることになったのか私は知らないけれど、知ろうとも思わない。お前が春華を守るためだけに行動して、そのために私を求めたということは理解したから、それ以外の説明はいらないわ。何度でも言ってあげる。私は、お前にも、春華にも、飛国にも、興味がない。私にとってお前は単なる依頼主でしかないのよ。理解できたなら怯えるのをやめなさい」

玲琳は強く言い聞かせるように言った。

すると栄覇は体の力を抜き、玲琳を見上げた。

「あんた……やっぱり俺の嫁になってくれよ」

懲りもせずそんなことを言う。玲琳は呆気にとられた。

「あんたは俺らの事情を知って、それでも俺らの敵に回らないって言うんだろ？　あんたみたいな女、初めてだ。春華を守るために、やっぱりどうしてもあんたが欲しい」

榮覇はどこまでも真剣だった。

この男の精神の強さは底なしかと玲琳は呆れ果てた。

親に毒を盛られ続け、自分を偽って生きてきた王子。鍠牙と榮覇の育ち方は、一見よく似ている。だけどこの男には毒気がないのだ。それはきっと、そんな自分を誇っているからなのだろう。

玲琳は彼が嫌いではない。嫌いではないが……やはり興味を持てない。

玲琳はわざとらしく馬鹿にするような笑みを浮かべた。

「言ったでしょう？　お前が私の夫を超える男なら、お前に乗り換えてやってもいいわ。だけど、お前では無理よ。諦めて春華を大事にしていなさい」

「……諦めねえよ」

「無駄だけれど、好きになさい。王妃に命を狙われた時はいつでも頼ってくるといいわ。私は蠱師で、依頼を受ければいくらでも蠱術を使うから」

「諦めねえって言ってんだろ。だけどまあ……今は蠱師と依頼主の関係で我慢してやるとするか」

「死ぬまで我慢したところで変わらないわよ？」

「分からねえよ。あんたその内、俺に惚れるかもしれねえだろ」

彼はにやりと笑った。

「俺は春華のためなら、あんたを落としてみせるからよ」

玲琳は呆れ、つられて笑ってしまった。

「だったらせいぜい頑張ってみるといいわ。さあ、もう戻りましょう。お前も体を痛めているだろうからね。体が癒えたら飛国へ戻りなさい」

朝日に照らされた裏街で、人々が活動を始める。

蠱師の王妃が暴れていると野次馬が集まってこないうちに、一行は急ぎ退散したのだった。

終　章

その後、目を覚ました春華は榮覇に抱きついてわんわん泣いた。

そんな二人を連れ、玲琳と鍠牙は無事王宮へと戻ってくる。

もはや王宮の者たちも、勝手に出て行く王や王妃に麻痺(まひ)していて、その帰還を驚きもなく迎えるのだった。

榮覇と春華を客室へ寝かせると玲琳はようやく人心地つき、さて最大の敵と対峙せねばと背筋を伸ばした。

「おばあさまのところへ行くわ」

玲琳は月夜が逗留している部屋へ向かう。その後ろを鍠牙が黙ってついてくる。

月夜がいる部屋は、後宮の客室でも小ぢんまりとした部屋だった。

玲琳は心臓を激しく鼓動させながら、その部屋へと足を踏み入れた。

しかしそこに、月夜の姿はなかった。

「おばあさま……？」

声をかけても返事はない。人のいる気配がない。

「私に蠱術を破られたと知って、いなくなってしまったの？」

玲琳はさすがに狼狽えた。

「私を褒めてくださらないの!?」

動揺が去ると腹が立ってきた。

ああそうか……母の師である月夜に、自分は褒められたかったのだ。それを自覚して地団太を踏みたいような気持ちがした。

「もう斎へ帰ってしまったのかしら……今から追えば間に合うかも……」

玲琳はぶつぶつと呟きながら、部屋を出ようとする。

すると突然、黙って後ろにいた鍠牙が背後から玲琳を抱き上げた。

「何？」

玲琳は怪訝な顔で行動の意図を問うたが、鍠牙は答えず玲琳ごと部屋を出る。そうして玲琳を粉袋よろしく担いだまま、自分の部屋へと運んだ。

玲琳が月夜を慕っていることが気に食わないのだろうかと、玲琳は運ばれながら考える。この男の心ときたら、鼠の額より狭いのだから。

やれやれとため息をついたところで玲琳は下ろされた。

「いったい何なの……」

「姫、両手を出してくれるか？」

玲琳の問いかけを無視して鍠牙は言う。玲琳は訳が分からないながらも両手を差し出した。物を受け取る時のような格好だ。

すると鍠牙は玲琳の両手首をそろえ、どこから持ち出したのか麻縄をぐるぐると巻き付け始めた。そういえば厩に縄が備えてあったなと思い至る。

何が何だか訳が分からな過ぎて、玲琳は彼のしていることをただ見守った。鍠牙は玲琳の手首をぐるぐる巻きにすると、最後にきつく縛る。その痛みに玲琳はわずか顔をしかめた。

「お前、何がしたいの？」

見ていても何が何やらという感じで、玲琳はとうとう率直に聞いた。

「ああ、姫を拘束している」

それは説明されずとも分かる。

「何のために？」

「俺がそうしたいからだな」

あっさり答えられて玲琳は呆れ果てた。

「どうして私がお前の変態的趣味に付き合わされなくてはならないのよ」

この男は、飛国の王子のもてなしが終わったら――というあの約束を今すぐ果たそうというのだろうか？

そういえば、斎の姫必読の夜の書にこのような手法も記されていたような気がしないではないが、玲琳はきちんと読んでいないので定かではない。

鍠牙は玲琳の困惑に構わず、華奢な体をひょいと持ち上げて寝台に座らせた。

彼はすぐそばにしゃがみこみ、靴を脱がせると、今度は寝台から垂らした玲琳の足にぐるぐると縄を巻き付け始める。

「ねえ……これは楽しいの？」

「楽しいか楽しくないかで答えるなら、それなりに楽しい方だとは思う」

鍠牙は平然と答えながら手際よく縄を巻き付け、最後に一際きつく縛り上げた。

「っ……痛いわ」

「ああ、うん。痛くした」

何の躊躇いもなく答え、彼は縛られた玲琳の足首を指でなぞった。少しくすぐったく、玲琳は鍠牙の膝を蹴った。

「私を痛めつけるのが目的？　ここからどうするつもりなの？　言っておくけれど、つまらないことに付き合うつもりはないから、ふざけているだけなら早く解いて」

玲琳は縛られた両足を振り子のように振って鍠牙の胸を蹴ろうとした。しかしその足はあっさり摑まれてしまう。

鍠牙は寝台の傍に胡坐をかいて座り込み、玲琳の足を弄びながら言った。

「解くことはできんな。あなたをここへしばらく閉じ込めておくつもりだから」

「⁇　ここって……お前の部屋に？　何故？　いつまで？」

「蠱毒の民の里長が死ぬまで」

淡々としたその答えに、玲琳は意味が分からず呆けた。足元を見下ろすと、小さな足の爪を指先でなぞっている男の薄い笑みがあった。目を合わせてぞっとする。全身が粟立つ。思わず笑み崩れそうになるのを抑え、真顔を保った。

「どういう意味？　蠱毒の民は短命だというから、そろそろ寿命が尽きるとでも言いたいの？　いつになるか分からないのに、それまで私を閉じ込めておくなんて馬鹿なことを言うつもりじゃないでしょうね」

玲琳の問いかけに鍠牙はきょとんとし、今度は声を立てて笑った。その振動が玲琳の爪先へ不気味に伝わる。

「いや、そういう意味じゃない。もうすぐ月夜殿が殺されるという意味だ」

「……余計意味が分からないわ」

険しい顔で困惑を抑え込む玲琳を見上げ、鍠牙はぐいっと足を引っ張った。

「分からなかったか？　彼女の暗殺をお願いしておいたから、そろそろ暗殺者が動いてくれているだろうという意味だ。あなたに邪魔をされると困るから、終わるまでここに閉じ込めておく」

玲琳は啞然として言葉を失った。しんと静まり返った早朝の部屋の窓に、ぴぴぴと鳴きながら小鳥がとまった。

沈黙の中、鍠牙はそれでも玲琳の足を放そうとしなかった。玲琳はしばし黙りこみ、小鳥の羽ばたきを聞いて口を開いた。

「……お前がおばあさまの暗殺を企てているということ？」

「ああ、そういうことだ」

鍠牙の口調は全く変わりなかったが、玲琳の足を摑む手にほんのわずか力がこもる。

「無理よ」

玲琳は反射的に否定し、足を振って彼の手を振り払った。

「おばあさまを……この世で最も恐ろしい蠱師を……お前が殺せるはずはないわ」

「できるさ、簡単なことだ」

鍠牙は笑みの形に口元を歪めた。

「彼女も言っていただろ。蠱師を殺す方法は存在する。あなたもそれをよく知ってるはずだ」

彼の言わんとすることをようやく理解し、玲琳は剣呑に目を細めた。

頭に浮かぶのは蠱師を殺す役割を担う者――玲琳の一番近くにいる忠実なる女官。

「葉歌ならおばあさまを殺せると言いたいの？　無駄よ。葉歌がお前の言うことを聞くはずはないわ」

「だろうな」

鍠牙はあっさり認めた。

「葉歌は俺の言う通りに動いてくれんだろうよ」

「なら……」

「だがな」

玲琳の反駁を遮って鍠牙は先を続けた。

「蠱師を殺せる奴はもう一人いるだろ」

彼の言うもう一人——数拍考え、玲琳はたちまち血の気が引いた。

「……乾坤」

蠱毒の里で蠱師の才を持たずに生まれた者は、幼い頃から蠱術の実験台にされるという。その結果、彼らには毒が効かなくなるのだ。蠱師の毒が効かず、剣の腕を磨いた彼らは、掟を破った蠱師の始末に使われると玲琳は確かに聞いた。

その中で最も強い者を森羅、二番目を乾坤と呼ぶ。

そして乾坤は今、月夜に従ってこの国にいるのだ。

玲琳の答えを聞き、鍠牙は少し嬉しそうに笑った。

「当たりだ。彼は俺のお願い通り、里長を殺すと約束してくれた」

「ありえないわ！」

玲琳は声を張った。蠱毒の里のことなど、玲琳はほとんど知らない。だが、この目で確かに月夜を見たのだ。彼女を長にいただく者が、彼女を裏切るなどありえない。

「おばあさまを超えるために毒殺しようと目論むことはあっても、暗殺なんてありえないわ！　あんな恐ろしい蠱師を、どうして裏切れるというの！」

感情が昂るあまり、勢いよく身を乗り出す。手足を縛られたままの体は思うように動かず、寝台から滑り落ちる。鍠牙は落ちてきた玲琳を受け止めて、膝の上に抱え込んだ。可笑しそうに笑っている。

「あなたから見るとそうなんだろうな」

鍠牙の口調は穏やかで、その穏やかさに玲琳はまたぞっとした。

「俺には分からんが、あの里長は怖い女なんだろう。あなたから見れば、乾坤が裏切るはずはないと思うんだろう。だがな、俺から見るとずいぶん違うぞ。前に斎で見た時から思っていたがな、あの男を寝返らせるのは簡単だ」

「乾坤がおばあさまよりお前になびいたというの？　信じられない……お前のどこにそんな価値があるというのよ」

玲琳は手足を縛られ、腕の中に囚われて、それでもなお侮蔑的な目で鍠牙を見上げる。そんな玲琳に、鍠牙はなだめるように笑いかける。

「俺にそんな価値はなかろうよ。だが、あなたはあの男を何も分かっていないな。あれは蠱毒の里より里長より自分の役割より大事なものを持っていて、それのためなら己の誇りも仕えてきた主も生まれた場所も何もかも捨てられる……そういう男だと俺は見た」

彼の言葉を聞いて玲琳は思い浮かべた言葉があった。

それは時に人を動かす原動力となり、人を狂わす毒にもなる。けれどそれは玲琳の理解を超えた領域にある事象で、その才がない玲琳には知覚できない。

玲琳がどうあがいても理解できないと知った上で、鍠牙は言葉を繋いだ。

「あの男がこの世の何より優先するのは葉歌だ。あれを質に取られたら逆らわない」

玲琳は絶句する。蠱毒の民は掟や命令や誇りに従順な者たちばかりなのだと思っていたから、感情一つで里長を裏切る者がいるだなんて想像もできなかった。

「……いつからそんなことを企んでいたのよ」

玲琳は忌々しげに鍠牙を睨んだ。鍠牙は玲琳を抱きかかえたまま視線を巡らせ記憶をたどり、

「ずいぶん前からだな。この世で最も強い蠱師があなたの敵に回ったというのは落ち着かない話だろう？　殺すなら、乾坤を使うしかないと思った」

そこで玲琳ははっとする。

「待って……そんなことは無理だわ、葉歌を質に取るなんて無意味よ。お前では葉歌に敵わないもの、質として成り立たない」

「そうだな、俺じゃ葉歌に敵わない。だが……よその国を探せば葉歌より強い人間もいるだろう。例えば……あなたの生まれ故郷とかには」

「……っ！　兄上様を使おうというの⁉　そんなこと、お姉様がお許しにならないわ！　お前が殺されるわよ！」

玲琳の全身からぶわっと汗が噴き出した。

斎の女帝李彩蘭の夫普稀(ふき)は、斎で最も強い武人だ。彼なら葉歌を斬ることもできるだろう。かつて葉歌は一度彼に捕らえられているし、乾坤はそのことを知っている。

だが、彩蘭がそんなことを易々と許すわけがない。

「いいや、李彩蘭は俺の頼みを聞いてくれたぞ。婚約が破談になった飛国の王子に、魁の姫を薦めてくれたのも彼女だ。俺が頼んだ通りにな」

一瞬玲琳はその言葉が真に意味することを理解できなかったが、幾度かその状況を頭に思い浮かべて背筋が冷えた。

「待って……お前はいつから……どこからそんなことを企んでいたの？」

玲琳は蒼白になって問うた。朝日の差し込む部屋で、白い玲琳の肌はより青白く映える。鍠牙はその問いかけがさっきと違う意味を持っていると即座に感じ取ったらしく、満足げに答えた。

「どこから……というと難しいな。強いて言うなら最初から全部だ」

「全部ですって……？」

「ああ、全部だ」

あっさりと認める鍠牙に、玲琳は強い疑いを込めた鋭い目を向ける。その視線の意味を彼は易々と察し、鷹揚に頷いた。

「つまり……飛国の王子を蠱毒で暗殺するよう依頼させたのは俺だということだ」


自分は何をしているのだろう……寒い部屋の片隅で、乾坤は立てた片膝を抱え込む。

目の前にはくったりと意識を失った月夜が横たわっている。

この人を裏切る日が来るなんて想像もしたことがなかった。

この世で最も恐ろしい、ただ一人の主……それでも、あの子より大事なものはない。

だから乾坤は、あの夜楊鍠牙の部屋に忍び込んだのだ。

『森羅を処刑するつもりだというのは本当か？』

刃を突きつけて問いただした乾坤に、鍠牙が返したのは思いもよらぬ言葉だった。

『お前を待っていたぞ』

彼は嬉しげな笑みすら浮かべていた。

『……どういう意味だ？』

『葉歌はちゃんと、お前に相談したようだな……彼女に殺意を持つ男がいると知れば、お前は動くと思っていた。お前に会いたいと思っていたんだ』

企みが成功した勝者の物言いに、乾坤は思わず歯噛みした。

自分はこの男の思うままに動かされたのか——？

『森羅を李玲琳から遠ざけろとでも言うつもりか？　言っておくが、お前程度が森羅をどうにかできると思うなよ』

殺気立つ乾坤に対し、鍠牙は余裕の笑みを崩さぬまま平然と言った。

『ああ、そうだろうな。葉歌はお前の助けなど必要としないくらい強いんだろうな。それでも……お前は動くと思っていたよ。安心しろ、俺はもう葉歌をどうこうしようとは思っていない。葉歌はもう妃の敵ではないと俺は思っているんでな』

『……なら、俺に何の用だ』

『蠱毒の民の里長を殺すのに手を貸してくれ。応じなければ、残念だが斎の女帝の夫に葉歌を殺してもらうことになる』

あまりに唐突なその要求に、この男は頭がどうかしているのかと、瞬間乾坤は疑った。しかしわずかの揺らぎもないその眼差しを受け、次の瞬間疑念は恐怖へと変わっていた。

　この男を放っておくのは危険だと、乾坤は反射的に判断した。今殺しておかなければあの子が危ない――思うや否や、体は動いていた。

　襲いかかる乾坤に、鍠牙は何故か全く抵抗しなかった。乾坤は訝りながらも鍠牙を叩き伏せ、喉を掻き切ろうとする。が――

『里長を殺すのに手を貸してくれ。頼みを聞いてくれるなら……葉歌の安全を生涯保証しよう。葉歌が望む通り、死ぬまでずっと妃の女官として王宮で面倒を見る。何不自由ない暮らしを約束しよう。斎の宮廷とまではいかないが……お前では与えてやれない程度の贅沢はさせてやれるだろう。それに何より、ここに居続ければ少なくとも、森羅として里の仲間を殺したりせずに済むはずだ』

　負傷しながらも鍠牙は悠然と言った。

　乾坤は心の臓を鷲掴みにされたような心地がして手を止めた。

　その動揺を知ってか知らずか、鍠牙はなおも誘惑するように囁いた。

『お前はそのために、葉歌を魁へ留まらせたんだろう？　李玲琳の暗殺が終わるまで里に戻るなと命じたのは、そういうことだろう？　だが、里長に命じられれば葉歌はすぐにでも里へ戻ってしまうんだろうな。そうしてまた、何度でもその手を血に染めるんだ。なあ……人殺しではない普通の女の人生を、お前は彼女に与えてやりたいと思わないか？』

その魔性の誘惑に、乾坤は何も言い返すことができなかった。

この男は乾坤が最も触れられたくない場所に平気で踏み入り、蹂躙し、一瞬にして籠絡（ろうらく）したのだ。乾坤があの子に与えてやりたいものを……そして己の弱さに対する罪悪感を……楊鍠牙は寸分違わず見抜いた。

自分があの子より強ければ……あの子が今ほどその手を血で染めることはなかっただろう……自分がこんなにも弱くなければ……

その痛みを鍠牙は的確についてきた。乾坤は彼の企みを理解し……理解してなお、拒むことはできなかったのだ。

裏切りを決意するのに時間はかからなかった。

乾坤は里長について自分が知る限りの情報を彼に渡した。

仲間を売った罪悪感など、野心の前では微々たるものでしかなかった。

『お前たちの里長は奇怪な女だな』

里長について知った鍠牙の感想はそれだった。

『だが、この世で最も強い蠱師なんだろう？　そんな女が妃の敵になった。いつ狙ってくるか分からない。一日でも早く始末しないと、俺は安心できないんだ』

彼は一晩考え、一つの計画を立てる。

『蠱術について異常な美学を持つ女。依頼以外で術を使うことを極端に嫌がる。普段は決して里から出ず、何人もの男たちに守られているから、お前が里の中で里長を殺すのは難しい……よし、里からおびき出して妃の命を狙わせよう』

明け方鍠牙はそう決めた。

『手始めに、葉歌を妃の暗殺役から降ろすよう里長を説得してくれ。葉歌はもう妃に取り込まれていて、彼女を殺す意思を失っている――とでも言ってな。妃より強い蠱師が里長しかいないなら、里長自ら暗殺に乗り出す可能性は高い。

ちょうど、飛国の第二王子が婚約を破談になって新しい縁談を探してる。斎の女帝に話をつければ俺の妹を薦めてくれるだろう。とにかく飛国の第二王子を魁へ呼ぶ。あの王子が王妃に命を狙われてるのは有名な話だ。

あの国には間者を何人か送り込んでいるから、そいつを使って飛国の王妃をたぶらかそう。斎の蠱師なら王子を確実に殺せる……とか言って、蠱毒の里に王子の暗殺を依頼させる。万が一飛国の王妃が嫌がったら、間者に嘘の依頼をさせればいい。とにかく飛国の王妃が王子を暗殺したがっているという事実があればいい。後から調べられても困ったことにはなるまいよ。お前の里長も疑わんだろう。

里長が依頼以外で蠱術を使わない蠱師だというなら、これは千載一遇の機会だ。妃を殺すためにこれを利用するだろう。里長自ら里を出て妃の暗殺に乗り出したら、お前が従者としてついてきてくれ。後は機会を見計らって、お前が里長を殺してくれればいい』

鍠牙は否を挟む隙も与えずそう命じてきた。

『こんな計画、上手くいくもんか！　運の要素が多すぎる。しくじったらどうするんだ？　里長が直接出てこなかったら？　俺を従者にするのを嫌がったら？』

『失敗したら次の計画を立てればいい。しくじったところで誰も困らないからな。次が失敗したらその次だ。それも失敗したら更に次だ。一度や二度のしくじりで諦めるのは努力が足りないと思わないか？　己の人生に対してあまりにも不誠実だろう？ダメなら十回試せばいいだけのことだ。それがダメなら百回試せばいい。それでもダメなら千回だ。この世に絶対殺せない人間など存在しない。相手が死ぬまでやり続ければ——必ず殺せる』

当たり前のようなその狂気を突きつけられ、乾坤はぞっとした。

鍠牙は乾坤の動揺を察したのか、或いはただの偶然か、にこりと笑った。

『俺は妃が可愛いんだ。この世の何より大切だ。だから、ただ彼女を守りたいだけなんだよ』

こいつは何を言っているんだ……人と対峙している気がしない。

こんなにも大切で守りたいという玲琳のことを、この男は獲物をおびき出す餌にしようとしているのだ。

しくじれば玲琳が死ぬかもしれない。敵は玲琳より強い蠱師で、一歩間違えば玲琳はずたずたに傷ついて死ぬかもしれないのだ。

それが理解できないほど愚かな男なのか？

いや……この男は全部分かった上でやろうとしている。

乾坤は寒気を止めることができず、強く歯を嚙みしめた。

最初に自分が感じたことは正しかった。

それを確信する。

この男は頭がどうかしている――！

何より恐ろしいのはこの男が、誇りも恥も持っていないところだ。この男は自分の手を全く汚すことなく人を使って事を為すことを――己の無能を――惨めさを――全く恥じていなかった。この男はきっと、どんな手を使ってでも月夜を殺すだろう。

そして乾坤はこの男が差し出す未来を、あの子にどうしても与えたいのだ。

「そういうわけだ。乾坤が里長を殺すまで姫にはここにいてもらおうと思う」

鍠牙は玲琳を抱きかかえたまま粛々と告げた。

玲琳は呆然と話を聞き、理解し、啞然とするしかなかった。

「……一つ聞かせて」

「何だ？」

「お姉様がお前の望みを無条件で叶えたなんて思えない。お前はお姉様に何を差し出したの？」

その質問に、鍠牙は些細（ささい）なことだと軽く笑った。

「ああ……この国を差し出した」

玲琳は度肝を抜かれた。この男は何を言っているのだと怪しむ。そんな玲琳の動揺に構うことなく鍠牙は続けた。

「蠱毒の民の里長を無事死に至らしめた暁には、魁を斎の属国として差し出す――と、誓っただけだ」

玲琳は言葉を失い、しばしぽかんと口を開けた。

「お前は……馬鹿なの？」

やっと出た言葉はそれだった。鍠牙は短く笑った。

「馬鹿じゃないとでも思っていたのか？」

堂々と言ってのける。

「……どうしてそこまでして、おばあさまを暗殺しようなんて……。私はおばあさまと真正面から戦ってみせたわ。殺されたりなんかしなかった。どうして今になって急に、おばあさまを殺さなくちゃならないなんて思ったの！」

何故今だったのか——それがどうしても理解できない。

鎧牙は玲琳の不理解こそ意味が分からないというように首を捻った。

「だってあなたは、俺の子を産むと言っただろう？」

予想もしていなかった答えを返され、玲琳はきょとんとする。

「だから……何？」

「あなたが子を産むなら、それは蠱師の血を引く子供だ。その子もきっと蠱毒の民に命を狙われる。ならば俺は、その子を守らなければならないだろう？　里長はあなたより優れた唯一の蠱師で、あなたは彼女に敵わない。だったら彼女を殺さない限り、俺は安心してあなたに触ることができない。だから殺さなければと思った」

彼の説明は筋が通っているようで、不気味に歪んでいた。その歪みに、玲琳は頭がくらくらしてきた。鎧牙は平然と続ける。

「そう思っていた時に、里里が葉歌を処刑するべきだと言い出したんだ。それを聞いて色々想像していたら急に思った。これを利用すれば殺せそうだな……と。殺す理由があって、殺す手段があった。だから試してみた。問題を上手く解決できるんじゃないかと思っただけのことだよ」

楊鍠牙の孕む毒を、玲琳はこの世の誰より知っている。しかしこれはいつもの彼を逸脱していた。鍠牙はいつも、玲琳の大切なものならば自分も大切にすると嘯(うそぶ)く。それなのに彼は今、玲琳の大切なものを――玲琳がこの世で最も敬う女を、殺そうとしているのだ。時折感じていた違和感を、鳴り響いていた警鐘を、玲琳は正しかったと理解する。

思い返してみれば、おかしなことは他にもあった。この件に関して、鍠牙は玲琳がやることなすこと一切に反対しなかった。いつもならうるさく怒り、咎め、止める鍠牙が、全く玲琳に反対しなかった。

彼にとってはどうでもよかったのだ。玲琳が月夜に勝てるかどうかなど、大した問題ではなかったのだ。だから解蟲の期限が迫っても焦りはしなかった。玲琳が死ぬ前に月夜を殺してしまえば済む話なのだから……。それでも玲琳が彼女との対決を望んだから、彼は今まで月夜を生かしていた。それも単なるお遊びに過ぎない。

そうだ……夕蓮の言うことは正しかった。

毒の痛みを失って、鍠牙が正気でいられるはずはなかったのだ。

彼は母親の毒を失って、精神の均衡を失った。なんと歪で……醜悪な毒。

玲琳は口元を引きつらせ、思わず笑った。

「お前……私を抱く為だけに国を売ったの？」

「まあ、そういうことだ」

鍠牙は笑いながら立ち上がった。

「だからここで待っていてくれ。あなたがどれだけ月夜殿を慕っていても、俺にはあの女が邪魔なんでな」

そう言って、鍠牙は玲琳を抱えたまま立ち上がると、ぽいと荷物を投げるように寝台へ放った。そして手足の自由が利かず芋虫のように転がる玲琳の、手首を縛る縄の余りを引っ張り、寝台の柱にくくりつけようとする。

「待ちなさい！　お前まさか、私をここに置いて出て行くつもり!?」

玲琳は彼の目的を想像して声を荒らげる。

「乾坤がしくじらないよう確認してくる。あなたはここで……」

「私も連れていきなさい！」

鍠牙の言葉を遮って怒鳴った。縛り付けられないよう暴れる。

「姫、あんまり暴れるな。ぶつけて怪我をしたらどうするんだ」

鍠牙は暴れる玲琳を寝台に無理やり押さえつけた。

「おとなしく待っててくれれば、俺が戻った時には全部終わっているはずだ」

「ふざけたことを言うのはおやめ！　私の行動を制限する権利など、お前に与えた覚えはないわ」

玲琳は力を込めて彼の腕を押し返そうとしたが、腕力が違いすぎてびくともしない。

「おとなしくしてくれと言ってるだろ」

困った駄々っ子に言い聞かせるような口調で言いながら、鍠牙は片手で玲琳を押さえつけ、空いた手で縄を枕元の柱へくくりつけた。

腕を上げて寝台に寝そべる格好になった玲琳は、縄を解こうと手を動かすが、いくら引っ張っても縄が締まるだけで、釣り上げられた魚のような醜態を晒すばかりだ。

「腹がへるかもしれないが我慢してくれ。用を足したくなって我慢できなくなったら……そのまましてて構わんよ」

「……殺すわよ」

玲琳が本心から言うと、鍠牙はふっと笑った。

「いいよ。どうしてもおばあさまを助けたいなら、今俺を殺すしかないな。あなたの蟲なら一瞬でできるだろう？」

軽やかな声で言い捨てる。

玲琳はそんな彼を見上げ、染み入るように理解した。

この世には、話の通じる相手と通じない相手がいる。玲琳の蟲たちなどは、玲琳の話が通じる相手の最たるものであろう。そして今のこの男は——話が全く通じない相手の最たるものだ。

会話をしても無駄だ。説得など何の意味もない。この男が玲琳の言葉で折れることなどありえない。ならばどうする？

「……いいわ、来なさい。毒をたらふく喰わせてやるわ」

玲琳は高速で脳を働かせながら彼を呼んだ。

鍠牙はちょっと意外そうな顔をしてしばし考え、玲琳の呼びかけに応じて寝台に膝を乗せた。毒を喰わせてやる――という玲琳の言葉が口移しを意味することは、易々と理解できたことだろう。言葉が通じても話が通じない相手がこの世にはいるのだ。

鍠牙は寝台に体重をかけて玲琳の顔の横に手をつき、ゆっくり体を沈めてくる。

早く来い……思い切り毒を注いで眠らせてやる……

玲琳は獲物を待ち構える狐の目で、べろりと舌なめずりをした。

この中は猛毒だ……不安で正気をなくした馬鹿な男の頭を冷やすには十分なだけの毒蟲が潜んでいる……丸々一月でも眠らせてやる！

玲琳は牙を覗かせるかの如く口を開いた――が、鍠牙がその罠に落ちてくることはなかった。彼はそこを素通りし、玲琳の肩口に顔を埋めると白く柔い首筋に思い切り噛みついた。

「いっ……ぐ……！」

予想していなかった激痛に、玲琳は呻いた。鍠牙はぎりぎりと無遠慮に肌を嚙み、永遠にも感じられる長い時間を経て玲琳を痛みから解放した。

「お前……」

玲琳の息は上がっていて、無意識に呼吸を止めていたのだと分かった。

鍠牙はわずかに赤く染まった口元を拭って無邪気に笑った。

「すまんな、少し味見しただけだ」

「……つまみ食いなんて下品な男。躾がなっていないわ」

「それは失礼。だがな、俺もずいぶん痛かったんだ。まだ治っていないから、今はまだ御免だ」

そう言って、彼はべえっと舌を出す。玲琳がずたずたに嚙んだ傷跡が、赤い舌に生々しく残っている。

「それに眠らされても困るしな」

鍠牙は揶揄するように言いながら、そっけなく玲琳から離れた。

自分の意図を見透かされていたことに、玲琳は思わず舌打ちした。

「舌打ちなんて下品な女だ。躾がなっていないぞ」

「私の礼儀はお前のために身につけたものではないからね」

苦々しく吐き捨てる玲琳を、鍠牙はちょこまかと暴れる小動物でも見るような目で眺める。

「礼儀知らずの女でも、俺にとっては可愛い姫だよ。俺が月夜殿の死体を持って帰ってくるまで、ここでおとなしく待っていてくれ」

そう言い置いて踵を返し、彼は部屋から出て行った。

玲琳は深く息を吐き、ぐったりと力を抜いて寝台に体を沈めた。

このまま放っておいたらどうなるのか……答えは明白だ。鍠牙は月夜を殺すだろう。彼がやると言ったのだから、それは必ず現実になるだろう。ただの無力な人間でしかない彼が蠱師の女王をどうやって斃(たお)すのか、想像もつかないが……それでも彼ならやるだろう。

月夜の死を頭の中にくっきりと思い描く。自分はそれを受け入れられるのか？　答えはすぐに出てきた。絶対に――嫌だ。

月夜が……あの最も強い蠱師の力が、この世から失われる。計り知れない損失だ。そんなもったいないことをどうして受け入れられるだろう。彼女が死ぬのは、玲琳が彼女を超えてからであってほしい。あと七年は生きてもらわなければ……

だから玲琳は、どうやってでも鍠牙を止めなければならないのだ。

実のところ、月夜の命を救うことは容易(たやす)い。鍠牙を殺せばいいのだ。それは至極簡単なことで、玲琳の蟲が鍠牙を殺そうとすれば、彼は無抵抗に命を差し出すだろう。

月夜の存在は特別だ。あれはけっして失えない、蠱術の宝だ。彼女の命は尊く、玲琳が己の都合で死なせていい女ではない。

鍠牙の存在も特別だ。彼は己の命を玲琳の手中に預けていて、玲琳は己の都合でその命を握りつぶすことができる。他ならぬ鍠牙自身がそれを望んでいる。

そして玲琳は、そのどちらも失うつもりがないのだ。

目を閉じ思案する。一つだけ、月夜と出会ってからずっと考えていることがあった。その想いは月夜が仕掛けた蠱と同じく玲琳の胸に棲（す）みつき、ことあるごとに玲琳の心を揺さぶった。

鍠牙と月夜を同時に失わずに済む方法があるとしたら、それは——

玲琳は覚悟を決めて目を開けた。

とにかくこのままではどうしようもない。拘束から逃れなくてはともがいてみたが、縛られたままでは埃（ほこり）を立てるのが精いっぱいでとても縄は解けそうにない。仕方なく玲琳は叫んだ。

「葉歌！　来なさい葉歌！　葉歌！　葉歌！」

出せる限りの大声で信頼する女官を呼ぶ。

葉歌はたいてい玲琳の近くにいるし、異常に耳がいいから玲琳が呼べばいつもすぐに飛んでくる。けれどこの日は、何度呼んでも葉歌は姿を現さなかった。

「葉歌！　どこにいるの！　聞こえるなら来なさい！」

玲琳はなおも呼んだ。喉が裂けんばかりに呼んだ。すると、ようやく部屋の戸が開かれて一人の女が姿を見せた。

「お妃様、いったいどうなさったのですか？　何があったのですか？」

無感情にそう聞いてくるのは、あの日以来ずっと玲琳を避けていた側室の里里だった。寝台へ近づいてくると、縛られている玲琳をまじまじと眺める。最後に玲琳と目を合わせると、彼女はほんの少し驚きを見せた。しかし何も言わず玲琳の命令を待っている。その姿を見て、玲琳の胸には申し訳なさが込み上げてきた。

「この縄を解きなさい！」

玲琳が強く命じると、里里は零れ落ちんばかりに大きく目を見開き、彼女らしからぬ驚愕を示した。震える手で固く結ばれた縄を懸命に解き、全部外し終わると無言でひしっと抱きついてきた。仔犬のようにぷるぷると震えている里里の背を、玲琳は微苦笑で撫でた。

「約束を違えたことを謝るわ、二度と裏切るような真似はしない。死ぬまでお前に命令してあげるから、泣くのはおやめ。……それにしても、どうして葉歌は来ないのかしら」

鍠牙が葉歌にも何かしたのではないかと玲琳は訝しむが、あの男が葉歌に何かでき

ると は思えない。すると、

「葉歌さんならそこにいます」

　里里はようやく玲琳から離れ、入り口の方を指した。

　玲琳は怪訝に思いながらも、痛む手足を押さえつつ里里の示す方へと歩いていく。

部屋の外を覗き、そこにあったものを見て仰天する。

　足元に、葉歌が膝を抱えて丸く座り込んでいたのだ。

「葉歌、お前……何しているの？」

　玲琳は、卵の殻に閉じこもっているかのごとき葉歌の肩を指先で突いた。

「……聞かなかったことにしてるんですよ」

　顔を伏せたままくぐもった声で、卵は答えた。

「王様がやろうとしてることも、お妃様がやろうとしてることも、私には絶対絶対ほんの少しも関係ありませんからね」

　その物言いから、彼女が玲琳と鍠牙のやり取りを全部聞いていたと分かった。

「関係なくはないわ。お前の力が必要なの」

「ダメです。嫌です。断固拒否します。どうか私に何もさせないでください。こんなごたごたに巻き込もうとしないで。私はただ毎日無事に仕事をして、素敵な殿方との縁談を夢見て生きていきたいだけなのに……よくもそんなこと……」

「このままではおばあさまが殺されるわ。お前はそれを放っておけるの？　お前は蠱毒の民なのでしょう？」

玲琳は挑発するように強く問い質す。そこでやっと葉歌は顔を上げた。いつも通りの彼女だった。玲琳から厄介ごとを突きつけられて、うんざりしている葉歌だった。

彼女は玲琳と目を合わせ、瞬間びっくりしたように目を丸くしたが、ふいっと目を逸らして聞いてくる。

「お妃様……あなたは王様を止めて里長を助けようとしてるんですか？」

「もちろんそうよ。おばあさまの力がこの世から失われるなんて許されないわ」

その答えに、葉歌は憤りを込めた強いため息を吐く。

「あのねえ、お妃様。私があなたに手を貸して、里長と王様を見つけ出して、王様を止めたとします。そうすると、次に何が起きるか分かります？」

玲琳がその質問の答えを出す前に葉歌は続ける。

「里長は、乾坤と王様を殺せ――と、私に命じるでしょう。里長は自分の命を狙ってきた者に容赦する方ではありませんからね。そして私はその命令に絶対逆らいません。それでよろしいですか？」

言われて玲琳は目をぱちくりさせた。なるほどそれはありえる話だ。

「逆に聞くけれど、お前はそれでいいの？」

「いいわけないでしょ。私は兄を殺したくありませんし、王様にも死んでほしくはないんです。でも、私の行動は感情に従いませんから。だから殺してしまいますよ？　それでもいいなら手を貸します。里長を助けるために王様を捨てますか？」

葉歌はじろりと玲琳を睨み上げる。

葉歌という女には思いやりがあり、情があり、常識がある。大事な人を殺せば心に傷を負う。けれどその傷が蓄積されることはないのだ。だから彼女はいくら心を痛めても、心を壊すことがない。それはつまり……もう壊れてしまっているということと何ら変わりないのだ。痛みという名の水は、彼女の割れた心からどんどん流れて消えてゆき、彼女は変わらず彼女でいられる。その歪を玲琳は愛するのだ。葉歌がここで里長を裏切り、玲琳のためだけに動く女だったならば……玲琳はこんなにも彼女を信頼したりしなかっただろう。

「葉歌……私はお前を信じているわ」

玲琳は確信を込めて告げた。

「……私があなたを贔屓（ひいき）するって？」

「いいえ。お前が私のためには動かない、里長の命令に従って動く女だということを信じているのよ」

葉歌は意味が分からないというように胡乱な表情をする。

「そんな女だと分かっていて、力を貸せとか言ってるんですか？」

「そうよ、お前の力を貸しなさい」

　玲琳は再び強く命じる。しかし葉歌は厳しい顔で黙り込み、また殻に閉じこもるよう膝を抱いた。

「……葉歌さん」

　黙って葉歌を見つめていた里里が不意に口を開いた。その呼び声に葉歌はぴくりと反応する。恐る恐るといった風に里里を見上げる。およそこの国で並ぶもののない武力を持つこの女官は、不思議なくらいこの無力な側室を苦手としている。

「私はあなたが嫌いです」

　里里は淡々と告げた。玲琳は驚いて目を見張った。

「私は……人を嫌いになったことがありません。私が嫌いなのは私だけで、他に嫌いな人は一人もいません。好きな人も……。だけど、私はあなたのことが嫌いです。これがきっと、同族嫌悪というものなのでしょう。私はあなたが嫌いです。だから分かるんです。葉歌さん……本当は私と同じことがしたいんですよね？」

　無感情に嫌悪を告げられ、葉歌は険しい顔に冷や汗をかいている。

「裏切っても構わないから力を貸せ……と、お妃様はご命令です。従ってみればいいじゃありませんか。お妃様は受け入れると仰せなのですから」

凪いだ表情で言い募る里里を見上げ、強い目で見据える玲琳に視線を移し、最後に天井を仰いで——葉歌はもうどうにでもなれという様子で立ち上がった。

「分かりました！　分かりましたよ！　で？　何をすればいいんです？」

腹をくくったらしい葉歌の問いかけに、玲琳はぱんと手を打って答える。

「いい子ね、葉歌。まず鎧牙とおばあさまの居場所を突き止めるわ。おばあさまを呪うのは難しそうだけれど、鎧牙を呪えば居場所を辿れるはずよ。人一人始末するのだから、きっと人の来ない寂れた場所へでも運んだのではないかしら」

「居場所なら分かってますよ」

「え……!?」

「だって私はずっとここにいましたもの。乾坤が里長を運び出すのも見てましたわ。里長も王様も、この後宮から出てません」

「何故止めなかったの？」

「何もするなというのが里長の命令でしたから。それに……乾坤が里長を裏切ってるなんて、今の今まで夢にも思いませんでした」

葉歌は苦々しげな顔になる。

「そう……それで彼らはどこにいるの？」

「誰も想像できないところ……王様が一番嫌いな場所ですよ」

さほど広くない部屋の中に、横たわる月夜と座している乾坤の姿がある。

覚悟を決めた目で乾坤が月夜を見据えていると、部屋の戸が開いて男が入ってきた。

全ての元凶——楊鍠牙だ。

「なんだ、まだ殺してなかったのか」

がっかりだと言わんばかりに鍠牙は横たわる月夜を見下ろした。

「今からやるところだ。黙って見てろ」

乾坤が忌々しげに返した時、月夜の瞼がゆっくりと開いた。ぼんやりとした目で天井を見ている。

「おはよう、月夜殿」

鍠牙は状況にそぐわぬ朗らかな微笑みを浮かべて月夜に話しかけた。

月夜は緩慢な動作で身を起こし、後ずさって壁に背中をつけた。

「……状況が分かりません……目を開けたら知らない部屋にいた……かどわかされたような心地です……」

鍠牙と目を合わさぬよう俯いて、ぶつぶつと陰気に呟く。この姿を見て彼女が蠱師の女王だと思う者がどこにいるだろう。

「……もしかして……これは夢でしょうか……」

「いいや、残念だが夢じゃない。あなたにはここで死んでもらう」

鍠牙は威圧感を与えぬよう優しく語りかける。

月夜はちらっと目を上げ、一瞬鍠牙を見るとまた目を逸らした。

「……そうですか……乾坤が裏切ったのですね……それなら私はここで死ぬのでしょうね……蟲師は乾坤に敵いませんから……」

くぐもる声で陰鬱にしゃべりながら、彼女はあっさりと現状を受け入れた。不思議と非難や命乞いの言葉は出てこない。

「ずいぶん素直に受け入れるんだな」

「……乾坤を制御できなかったのは私の無能ゆえです……仕方がないです……」

「あなたは死を恐れないんだな」

「……死にたくはありませんよ……」

顔を上げた瞬間、彼女は蟲師の女王になった。

「……私は里に最も必要な機能ですから……いなくなれば皆が困るでしょう……蟲術を極めるため永劫の時を生きていられたら……どれほどいいでしょう……私は血を繫ぐことも智を伝えることもしくじった……今の里に私ほどの蟲師はいませんから……私が死ねば里は危うくなる……けれども……あなたは私を逃がさないのでしょう？」

その目がひたと鍠牙の腹に据えられる。蠱師の女王はその内側を覗こうとしていた。

「……誰に呪われていたのですか？」

その問いかけに鍠牙の表情が歪む。月夜は四つん這いで鍠牙に近づき、腹にぴたりと手のひらを当てた。

「……ずいぶん長いこと呪われていたようですね……美しさの欠片もない……未熟な術……けれど強力な毒……酷い傷跡です……あなたは蠱師を恨んでいる……だから私を逃がさないのでしょう？」

鍠牙はぱっと月夜の手を払った。

「あなたには関係ないことだ」

「……近しい人に呪われたのですか？　……愛していた人に？」

「あなたには関係ないと……」

「あ、それね。私がやったのよ」

突然部屋の中に軽やかな美声が響き渡った。重い空気を一瞬で吹き払う軽やかで爽やかで愛らしいその声の持ち主は、声に相応しい絶美の女だった。

鍠牙の母、夕蓮である。乾坤が月夜を連れ込んだのは、夕蓮の幽閉される離れだった。ここに近づく者はほとんどいないし、玲琳もまさかここにいるとは思うまい。

夕蓮は花のような笑みで月夜の傍にすとんと座った。

「ねえ、美味しいお菓子があるの。一緒に食べましょうよ」

嬉しそうに菓子の載った皿を差し出す。

突然距離を詰められた月夜は、警戒したように後ずさって目を逸らした。

「……いりません……」

「どうして？　一人でずっと退屈だったから、遊びに来てくれて嬉しいの。ねえ、お友達になってくれない？」

「……人としゃべるのは嫌いです……それに……野良の蠱師とは関わりたくありません……」

「野良？」

夕蓮は大きな瞳をぱしぱしとしばたたかせる。

「……血があれども智がない……粗野で品のない野良蠱師……蠱術を扱う資格はありません……一目見れば分かります……あなたには美がない……醜くて……汚らわしくて……殺したくもありません……」

「ええ？　ふふ、あなたって面白い人ね。そんな風に言われたの初めて」

絶美の女は俄然月夜に興味を持った。

「母上、邪魔をするのはやめてくれ」

鍠牙は雑に手を振り、首を突っ込もうとする夕蓮を下がらせようとする。

夕蓮はぷうっと頬を膨らませた。

「せっかくお部屋を貸してあげたのに……」

「それは感謝するが、これから彼女を始末しなければならないんだ。邪魔をしないでくれ」

「まあ！　そうなの？　それって……すてきね」

彼女はたちまちうっとりと、花のような笑みを浮かべる。

「ついでに私を殺してもいいのよ？」

にこにこと無邪気に言う。

「また今度な」

鍠牙は母へにこやかな笑みを返す。それを見て、夕蓮の笑みは深まった。

「本当にすてき……あなたはどこまで壊れちゃうのかしらね？　私の可愛い鍠牙」

「俺はいたってまともだよ、母上」

鍠牙はがりがりと頭を掻いて短く嘆息する。

「無駄話は終わりだ。乾坤、やってくれ」

「……ああ」

乾坤は暗く険しい顔で、どこからともなく出した短剣を握った。

「約束を守れよ、楊鍠牙」

「もちろん守るさ」

鍠牙は力強く断言する。乾坤は表情を消して標的を見下ろす。月夜は陰気な顔で乾坤を見上げる。そんな彼らを楽しそうに夕蓮が見ている。

とうとう乾坤は短剣を構える手に力を込め、重心を傾け——しかし一歩踏み出す直前、離れの窓が突如外からぶち壊された。けたたましい破壊音と共に飛び込んできたのは葉歌だった。

「葉……!?」

暗く思いつめた顔をしていた乾坤が、たちまち顔色を変えた。

乾坤の向ける刃の先で、月夜は細く息をつく。

「……残念でしたね……あと少しで私を殺せたのに……もうできませんね……」

憐憫の呟きを零し、蠱師の女王は森羅を見据える。

「……森羅……命令です……乾坤と魁王を……」

「おばあさま!!」

月夜の命令を遮り、葉歌に続いて窓から入ってきたのは玲琳だった。

不格好によじ登り、落ちるようにして離れに侵入する。扉は厳重に施錠されていて、入ることができなかったのだ。

「私の勝ちです、おばあさま。私はあなたの蠱術を打ち破りました」

月夜は真っ直ぐ玲琳の目を見て、一瞬驚きに目を見張り……すうっと細めた。

「……愚かなことをしましたね……玲琳……私の蠱術を破るために……その瞳を使ったのですか……？」

玲琳は己の右目を押さえた。瞳は白濁し、もう光を映さない。それでも玲琳は微笑んで見せた。

「ええ、この瞳は蠱に喰わせました。今の私ではおばあさまの蠱に敵わなかった。だからこの瞳を捧げたのです。一時だけでも……あなたより強く美しい蠱を生み出すために」

月夜は何を考えているのか、黙って玲琳を見つめている。いつも顔を背けてばかりのこの人が、玲琳の目をじっと見つめていると思うと少し緊張した。

「おばあさま……葉歌に命令を下す必要はありません。一言命じればあなたは全てをひっくり返して勝利を手にするのでしょうが、その必要はないのです」

「……何故ですか……？」

真っ直ぐに問われ、玲琳は畳に膝をついた。

「おばあさま、私が蠱毒の民の里長になります」

片手を胸に当て、軽く頭を垂れ、玲琳は粛々と述べた。

「……はあっ!?」葉歌が玲琳を二度見する。

「どういうつもりだ、李玲琳」乾坤が猜疑心に満ちた問いを投げつける。

「え？　玲琳、ここからいなくなっちゃうの？」夕蓮は小首をかしげる。

「……本気ですか……？」月夜は暗い目で探るように聞いてくる。

鍠牙だけは凍てつく瞳で玲琳を凝視していた。

「本気です。おばあさまの跡を継ぎます」

玲琳は顔を上げて断言する。

「……蠱毒の里へ来るというのですね……？」

月夜のその確認を受け、しかし玲琳は首を横に振った。

「いいえ、私はここから動きません。この王宮が住まいです」

一同は玲琳が何を言わんとしているのか理解できず呆ける。一瞬前までされていた命のやり取りはどこかへ霧散していた。

「私が蠱毒の里へ行くのではなく、蠱毒の民が全員魁に来ればいいのです。蠱毒の里を魁に移しましょう」

突然の提案を聞き、葉歌と乾坤が同時に仰け反った。信じられないという様子で絶句する。一方月夜はわずかに目を細めた。

「……玲琳……蠱毒の里の歴史は……」

「おばあさま、魁には私たちの知らぬ毒草がまだまだあるのですよ」

　その言葉に月夜の眉がぴくりと動いた。玲琳は畳みかける。

「蠱毒の里に子が生まれなくなっているのなら、新しい血を入れましょう。素養があって蠱師の夫になりたい男を探せばいい。短命に怯える必要などありません。ただし、生まれた娘にその男たちを殺させるのはやめましょう。資源の無駄使いです」

「…………」

「蠱毒の民はどの国にも属さぬ民なのでしょう？　ならば新しき毒を求めて移動することなど容易いはずです。おばあさま、私が蠱毒の里の血と智を繋いで差し上げましょう。住まう土地に何の意味が？　無意味な掟に何の意味が？　蠱術が強く美しくある以上に大切なことが、この世のどこにありますか？」

　傲然と微笑む玲琳に、月夜は目を見張った。暗い瞳に、窓から秋の陽が差し込む。

「……蠱術のために……その身と時を捧げる覚悟があるのですか……？」

「もとよりそれ以外の覚悟など持ち合わせてはおりませんが？　私は蠱師で、お母様の娘で、おばあさまの孫ですよ」

　玲琳はしれっと言い返す。

「私が次の里長です、おばあさま。私より相応しい蠱師がどこにいますか？」

　月夜はしばし暗い目で俯き、ぼそりと言った。

「……私の蠱を……喰らったのですね……」

「ええ、私がおばあさまの蠱を打ち破って喰らいつくしました」

玲琳は誇らしげに首肯する。

「……その蠱は……私が造蠱したものではありません……何代も前の里長が造蠱してです……寄生と羽化を繰り返して毒を増した特別な蠱……代々の里長が受け継いできた蠱
玲琳……あなたはそれを喰らった……ならば……あなたより相応しい蠱師はいません……あなたが次の里長です」

月夜は明言した。それを受け、玲琳は全身が震えるほどの歓喜を覚えた。立ち上がり、忠実な女官を見据える。

「葉歌……お前は蠱毒の民で、里長の命令に絶対服従する森羅だね？　なら……次の里長になる私の命令を聞くね？」

「!!　……は、はい」

葉歌は頭が回っていないのか、混乱しながら頷いた。

玲琳は一つ頷き返し、ゆっくりと乾坤を指さした。

「あの男を捕らえて。殺さないようにね」

「……はい！」

葉歌は乾坤に向き直った。乾坤は忌々しげに歯噛みし、葉歌を睨み返す。

「兄さん！　里を裏切るような真似はもうやめて」

「葉……お前は本当にこれでいいのか？　俺たちは里長の命令に従うよう育てられた。だけどな、里長がいなくなれば里はいずれ崩壊する。そうすればもう、お前は人を殺さなくて済むんだ！」

振り絞るような兄の言葉に、葉歌は狼狽えた。兄が自分のために命がけで裏切ったことを改めて思い知り、酷く混乱する。

「お兄ちゃん……私……人を殺すのが辛いとか言ったことあったっけ？」

葉歌は本気で困惑していた。

「……は？　辛くないとでも言うのかよ？　そんなわけないだろ！」

今度は兄が混乱する。

「里の仲間を殺すのは辛いけど……」

言いながら、葉歌は一瞬で距離を詰め、乾坤を畳に押し倒す。

「それが森羅だから」

ぎりぎりと押さえつけられた乾坤はたちまち身動きが取れなくなった。

「いい子ね、葉歌」

玲琳は自慢の女官を褒め、鍠牙へと向き直った。

彼には奇妙に表情がなく、玲琳にも彼が何を考えているか分からない。

これより強い敵は今まで何人もいたと思う。だが、これほど厄介な敵は今までいただろうか？　いや、いない。こんな厄介な男はこの世のどこにもいはしない。

「お前の負けよ、諦めて」

玲琳は怖い顔を作って鍠牙を見据える。

「姫……おとなしくしててくれと言っただろ？」

鍠牙は深々とため息をついた。

「お前が私の行動を制御できるなどと思わないことよ」

「姫、俺はあなたが本当に大事で可愛くて愛しいんだ。だから月夜殿を殺させてくれないか？」

どこまでも真摯に、そんな恐ろしいことを言う。

やはり今の彼は話の通じる相手ではない……玲琳は改めてそれを思い知った。

「ダメよ。私はお前にそんなことを許していないわ」

届かぬと分かっていて、玲琳はきつく言い含める。

「……いいかげんにしてくれないか」

鍠牙は妙に据わった目で呟いた。

「俺からあなたを奪いかねないものなら、一人残らず痛めつけて苦しめて殺して何が悪い？」

地の底を這うような声が玲琳を責め立てる。

「あなたは俺を殺さないんだろう？　だったらせめて他の奴を殺させてくれ。他の人間が全員死ぬなら俺はもう何もしないと約束してやる。だがそんなことはどうせできないんだろう？　あなたは俺を救えないじゃないか」

血を吐くように……しかし淡々と彼は言う。

玲琳はすぐに言葉を返せなかった。

鍠牙は諦めたように肩を落とし、室内を見回し、しばし考え、腰に吊っていた剣を抜いた。そして、いきなりその切っ先を葉歌に向けた。乾坤を押さえ込んでいる葉歌はそれに気づいたが、身動きが取れずにいる。

「やめなさい！」

玲琳はとっさに叫んだ。しかし鍠牙は躊躇することなく、無造作に剣を突き刺そうとする。玲琳は歯を食いしばって鍠牙に飛び掛かっていた。間に合うとは思えなかったが必死に手を伸ばす。

それでも鍠牙を止めることはできず、彼の切っ先は簡単に葉歌を貫こうとして――しかし彼女ではなく別のものに刺さった。

「……鍠牙……あのね……この子は玲琳の大事な子だから……刺したりしちゃいけないわ……」

鍠牙の剣は、飛び出してきた夕蓮に突き刺さっていた。

「母……上……何で……」

鍠牙はひび割れた表情で母を見下ろす。

「……私はねえ……あなたが可愛いの……だから……当たり前のことなのよ……」

この世のものとは思えぬ絶美に、苦悶を浮かべながら彼女は微笑んだ。その肢体は力なく畳の上に倒れ……そしてとうとう動かなくなった。

鍠牙は剣を取り落とし、銅像のように立ちつくした。

「母上……」

掠れた声で呟き、放心している。玲琳はそんな彼に体当たりした。鍠牙は呆気なく畳に転がり、玲琳に組み伏せられる。

荒い息をしながら玲琳は酷薄に告げた。

「私がお前を救えないですって？　当たり前でしょう？　お前を救う者などこの世にいないわ。お前が救われる日など来はしないのよ」

残酷な言葉を投げつけ、凍り付いた彼の口を噛みつくように塞ぎ、そこへ一匹の蟲を注ぎ込む。ここしばらくずっと体内に入れたままだった黒い巨大な毒蜘蛛。鍠牙はえずくようにしながらそれを飲み込んだ。

「なん……だ？」

鍠牙は喉を押さえながら玲琳を睨んだ。

「その蜘蛛は……私が生まれて初めて造った蠱よ。お母様が褒めてくださったわ。とても可愛い、大切な子なの。私が死ぬ時はその毒蜘蛛にお前を殺させる……そう約束したのはもちろん覚えているわね？　その蠱をお前にあげるわ」

「……今更こんなもの……！」

鍠牙が玲琳を押しのけようとしたその時、彼はすさまじい激痛に頭を押さえてのたうち回った。

「お前を説得するのは諦めたわ。話の通じない男に何を言っても意味がないもの。だから代わりに枷（かせ）をあげる。悪さをしたら、その蠱がお前を苦しめるわ。これでもう、お前は悪さをできなくなった。死ぬまで……永遠によ」

玲琳は暴れる彼を畳に押さえつけ、必死に言った。

「痛みがなければ耐えられないなら私があげるわ。苦しめ続けてあげると何度も言ったでしょう？　お前は私の蠱で、私が死んだら一緒に死ぬのよ。奈落へ落ちる時は共に引きずり落とすわ。だからもう、悪さはおやめ！」

鍠牙は痛みに耐えながら、玲琳を見上げる。

「……本当に……あなたはとんでもない魔物だな……」

「ええそうよ、お前は魔物に魅入られたの。だからもう諦めなさい」

玲琳がにやりと笑うと、鍠牙の肩から力が抜けた。表情からも苦痛が消える。毒蜘蛛が攻撃をやめたのだろう。

「……仕方がないな、俺はあなたの蟲で、あなたの命令には逆らえないからな」

「よく分かっているじゃないの、いい子ね」

玲琳が優しく言うと、鍠牙の焦点は合わなくなり、彼は意識を失った。

部屋の中はしんと静まり返る。

葉歌と乾坤は呆然と座り込んでしまっていたし、玲琳も荒い息をしながらその場にへたり込んだ。ただ一人静かに佇んでいた月夜が、音もたてず玲琳に近づいてきた。

「……この人は……乾坤を利用したのですか……？　酷いことを……あの子は森羅のことになると……自分を見失ってしまうのです……昔からそうなのです……」

「それは……私が代わりに謝ります」

玲琳がそう答えると、乾坤は感情のやり場を失ったように歯を噛みしめて俯いた。

「……いいえ……それだけでは許されませんので……一つだけ罰を……」

そう言って、月夜はゆっくりと伸ばした指を玲琳の白濁した瞳にずぶりと差し込んだ。突如生じた灼熱（しゃくねつ）の激痛に悲鳴を上げ、玲琳は痛みの余りのたうち回った。

「……あなたは次の里長ですから……全ての毒も痛みも苦しみも……その目で見なければなりません……」

薄れゆく意識のなか、陰気な声が響いた。

終章ノ終章

玲琳が目を覚ますと、月夜と乾坤は姿を消していた。

葉歌だけが傍に残り、玲琳の目を見て泣いていた。

白濁して光を失った玲琳の瞳は、漆黒の色を取り戻して世界を映している。

「里長が、自分の右目をお妃様にくれたんです」

それが情で与えられたものでないことは、最後の言葉で分かっていた。

蠱毒の民は本当に玲琳の提案通り、魁へ移り住むだろうか？

玲琳が里長になってから来るのかもしれないし、或いは明日にも移り住んでくるかもしれない。

いずれにせよ玲琳が彼らから命を狙われることはなくなった。

月夜の殺害がなされなかったのだから、里長の暗殺が成功した際には魁を斎の属国にするという取引も、必然的になくなったということだ。そもそも彩蘭がこの馬鹿げた取引を本気で実現するつもりだったかも怪しいが……

飛国の一行は無事体が回復したところで帰国の途につくこととなり、榮覇は最後にまた玲琳に求婚して去って行った。絶対諦めないというのが彼の言い分で、あの頑強な精神力からすると、本当にずっと諦めないのかもしれない。

贄となった村人たちも、一命をとりとめ療養を続けている。

本当の首謀者が誰であるかは、知る者の胸の内にのみ留められた。

そうして魁の王宮には日常が戻った。

鍠牙はあれから三日間眠り続け、飛国一行が帰国するのと同時に目を覚ました。

そして夕蓮は……

「あれで死ねたらよかったのに〜」

離れの中で物憂げなため息をついている。

「死ぬわけがないでしょう？　お前が刺されたのは足よ」

いつも通り窓の外から、玲琳は言った。

そもそも鍠牙が狙った場所が葉歌の足だったのだ。そこに飛び込んできた夕蓮が足を刺されたのは当然と言えば当然のことである。

「だけど、とっても痛かったんだもの。私、痛いのって苦手なの」

夕蓮はぷうっと頰を膨らませる。

「もし心臓を狙われていても、お前は飛び出したのかしらね？」

玲琳はふと聞いてみた。

もしその果てに命を落としていたら……鍠牙はどうなっただろうか？

いつもの夕蓮なら、もちろん飛び出すと答えることだろう。生きることに飽き、鍠牙を傷つけることを楽しむ彼女なら。

けれど、この日の彼女は何故かそう答えなかった。

少し考え、艶めく唇を開き——

「……さあ、どうかしら？」

絶美の化け物は微笑んだのだ。


そして夜の闇が訪れた——

「やっとこの日が来たわね」

鍠牙の寝台に座り込み、玲琳は戦いに挑むような顔を作ってみせる。

毒の海に溺れ、その深淵を覗く——待ちに待った夜がやってきたのだ。

「約束を守るわね？」

玲琳が手を伸ばすと。鍠牙は唸りながら横に座った。

「また噛まれるのか……」

舌の傷が完治したとは言いがたい鍠牙は、覚悟が決まらない様子だ。

「ではやめるの？」

「やる」

すでに腹を括っている玲琳に、鍠牙は据わった目で答える。

「よかったわ。今日はたくさん蟲たちを連れてきているから、どれだけ深く毒の海に溺れても——」

しゃべっている途中で、玲琳は鍠牙に押し倒された。唇を塞がれ、言葉を封じられる。しばらくして唇を離し、鍠牙はうんざりした顔で見下ろしてきた。

「想像するだけでやる気が失せるようなことを言うのはやめてくれないか」

「……毒草もちゃんと準備してきたのよ？」

「おい、いつ使う気だ」

「使うべき時に使うのよ。安心なさい、お前のことも、残さず全部使ってあげる」

「ははは、俺はあなたの道具か何かか？」

「ええ、もちろんそうよ。この世に二つとない私だけの特別な毒よ。他の誰にも使わせないわ」

「……ありがたくて涙が出るな」

鍠牙はげんなりという言葉を体現したような顔になる。玲琳は可笑しくなって少し笑い、手を伸ばした。

「いいからおいで」

「……仰せのままに、俺の姫」

鍠牙は腹を括り直し、玲琳に覆いかぶさる。下唇を食まれ、玲琳はそのくすぐったさに口を閉じかけたが、鍠牙はそれを許さず歯列を割って舌を忍び込ませてきた。熱く弾力のある肉塊が口内を探り……そこで鍠牙はまた玲琳から離れた。

「おい……頭が痛くなってきたぞ」

鍠牙は自分の頭を押さえて顔をしかめた。

「？　私は何もしていないわよ？」

「じゃあ何だ？」

「……蜘蛛が……ヤキモチを焼いているのかしらね……」

「……おい」

鍠牙はじっとりとした目で玲琳を睨む。

「やめる？」

「ふざけるなよ、ここまできてやめてたまるか」

「なら頑張って」

無責任な玲琳の励ましを背に、鍠牙は痛む頭を抱えて玲琳の首筋に触れた。そこにはまだくっきりと噛み傷が残っている。

「お前に触れられるのは気持ちよくて好きよ。私に深淵を覗かせて……その代わり、お前には永遠の痛みをあげるからね」

玲琳は手を伸ばして鍠牙を抱きしめながら言った。

閉め切った部屋の中に、時折秋めいた蟲の音が聞こえた。

―本書のプロフィール―

本書は書き下ろしです。

小学館文庫

蟲愛づる姫君の永遠

著者　宮野美嘉

二〇二一年一月九日　初版第一刷発行
二〇二一年二月六日　第二刷発行

発行人　飯田昌宏
発行所　株式会社　小学館
〒一〇一-八〇〇一
東京都千代田区一ツ橋二-三-一
電話　編集〇三-三二三〇-五六一六
販売〇三-五二八一-三五五五
印刷所——図書印刷株式会社

ISBN978-4-09-406871-9